DU MÊME AUTEUR

Aux Éditions Gallimard

UN ÉLÉMENT PERTURBATEUR, 2017 (« Folio », n° 6608).

DE BEAUX RESTES

OLIVIER CHANTRAINE

DE BEAUX RESTES

roman

GALLIMARD

À Aline.

À Cassandre, Thomas, Antoine, Alexandre et Clément.

Mes profonds remerciements à Chantal et Fabrice
pour leur hospitalité et leur bienveillance.

De tout petits points. Des petits points noirs qui se déplacent très lentement sur une crête poussiéreuse, sous un ciel bleu azur, par une chaleur accablante. Ils se meuvent par deux dans une apparente synchronie. Sauf un couple de points qui progresse de manière plus anarchique. Puis ils s'immobilisent. Ils se sont disposés en arc de cercle autour d'un rectangle, ébène. Positionné au-dessus d'eux. Je les observe. Ils me font penser à une phrase codée en morse dont le sens m'échapperait. Le contraste entre ces minuscules taches sombres et la roche blanche que foulent leurs pieds est saisissant. Leurs semelles frottent le sol plus qu'elles ne l'effleurent et soulèvent un léger nuage de poussière qui donne l'impression qu'une fumée jaillit des entrailles de la terre.

Pour un peu ils m'accuseraient d'avoir organisé cette mise en scène. Je suis soulagé que mes dernières volontés aient été respectées. Pas de parent proche. Stricte intimité. Les vrais amis seulement. Surtout aucun membre de la sacro-sainte famille du spectacle. Les dos légèrement courbés par les ans de ceux qui m'accompagnent aujourd'hui sont parfaitement assortis à l'orientation des branches des pins laricios, habitués à subir les assauts du vent du nord. Je ne sais quelle idée saugrenue a pu traverser l'esprit de ma femme quand elle s'est mis en tête de nous acheter la concession d'un mausolée dans ce cimetière. Une banale tombe aurait parfaitement fait l'affaire. Marcel Pagnol n'est enterré qu'à quelques kilomètres. Quand elle me l'avait appris, je lui avais demandé ce qu'elle voulait que cela me fasse. Le vendeur nous avait vanté l'emplacement exceptionnel de ce bien offrant une vue directe sur la basilique, à l'est, et sur la mer, au sud. Je l'avais regardé d'un air interloqué. Avait-il seulement conscience de ce qu'il vendait ? Le type ne s'était pas démonté. N'avait pas une seule seconde envisagé de déroger à son argumentaire prémâché. Il avait parlé de chance exceptionnelle. J'ignorais à l'époque que le mal qui allait me ronger et finir par m'emporter se tenait déjà probablement en embuscade, tapi au fond d'une cellule chancelante à l'intérieur de mon corps. Le sens de l'anticipation et les qualités d'organisation de Nicole avaient encore une fois fait merveille. Elle aura été pour moi une muse, une confidente, une mère pour ce qui concernait la vie pratique – domaine dans lequel je cumulais les handicaps – et la plus merveilleuse amoureuse dont un homme puisse rêver. Je l'avais dirigée pour la première fois dans une pièce de Beckett. Nous nous étions mariés peu après. Nicole et moi avions décidé, quelques semaines avant que les forces ne me lâchent, qu'une partie de mes cendres reposerait ici, et que l'autre serait disséminée dans le jardin de notre île chérie. Là où nous avions fini par passer l'essentiel de notre temps, les dernières années.

Ils sont tous là. Ils prennent à tour de rôle Nicole dans leurs bras. Se passent affectueusement la main sur la nuque. Jean fait même l'effort de se lever de son fauteuil roulant, aidé par sa femme Annie, générant instantanément regards en coin et ricanements de la part des autres, traditionnellement très dubitatifs quant à sa prétendue sclérose en plaques. Un couple de gabians survole la petite assemblée en poussant de grands cris. Édouard a mis une chemise blanche, impeccable, sous son costume de grand couturier légèrement élimé au niveau des manches. Nathalie trépigne à ses côtés, une main fermement serrée dans celle de son compagnon, l'autre arrimée à un sac Dior du plus bel effet. Elle a vingt ans de moins que lui et se dit probablement en contemplant l'assemblée que cet enterrement n'est que le premier d'une longue liste à venir. Elle en soupire déjà d'ennui. Michel, dont le corps rendu moins svelte par les années peine à être entièrement contenu dans les petits pantalons cintrés qu'il s'échine encore à porter, pleure comme une madeleine, soutenu par Frantz, qui lui tapote amoureusement les joues avec un petit mouchoir blanc en tissu. On dirait que Richard s'est encore engueulé avec Myriam. Elle lui lance des regards de feu dès qu'il s'avise de lui murmurer des choses à l'oreille. Je sais qu'il doit être en train de déployer des trésors de volonté pour ne pas s'effondrer en larmes en public. J'aimerais lui dire que tout ne va pas si mal, pour l'instant, de là où je suis. Qu'il aurait tort de s'inquiéter pour moi. Et aussi que rien ne me reste de nos affrontements passés, de nos prises de bec, de nos chamailleries, des petites jalousies dont je l'ai maintes fois accusé. Je n'aurais pas dû. C'était perfide de ma part. J'avais tort. Le talent ne se mesure pas au succès. J'aurais voulu lui exprimer toute l'admiration que j'avais pour son écriture, pour l'auteur qu'il était, pour la pureté de la vision qui était la sienne. J'aurais dû le lui dire. J'aurais dû lui demander pardon, aussi.

Si ça continue on va rater le bateau.

Arrête Richard, tu nous fais chier, rétorqua Michel de sa voix haut perchée.

Ah ouais, on remonte à peine dans nos bagnoles, l'embarquement est à dix-sept heures trente, on a au moins quarante-cinq minutes de route, et c'est moi qui vous fais chier, non mais tu plaisantes Michel, dis-moi au moins que tu plaisantes.

Ça va Richard, soupira Myriam en lui donnant les clefs pour qu'il s'installe à l'avant et prenne le volant. Tu voulais quoi, qu'on balance la moitié de l'urne au-dessus du cimetière par hélicoptère pour gagner du temps, hein, tu veux qu'on en parle à Nicole ? D'ailleurs elle est où Nicole, Nicole ? ahana-t-elle par la portière arrière, entrouverte.

Il devait faire au moins quarante-trois degrés à l'ombre.

Ah tu es là, tu montes avec nous ?

Nicole tournait le dos aux voitures, à l'extérieur du parking. Serrait fermement son petit sac à main devant elle et fixait l'entrée du cimetière.

Elle portait une robe de flanelle rose pâle, très élégante. Robert était dingue d'elle. Depuis le premier jour. Quarante ans plus tard, il ne loupait jamais la moindre occasion de louer la silhouette intacte de son épouse, sa grande classe, la grâce qui émanait du plus infime de ses mouvements. Par esprit de contradiction, Richard répondait le plus souvent à Bob qu'il avait un problème de vue. Qu'il devrait faire gaffe à sa cataracte. Que certes il ne niait pas que Nicole avait été une très belle femme, une très belle comédienne même, mais qu'enfin le temps avait passé, comme pour nous tous, et qu'il doutait sérieusement qu'un jeune type de cinquante ans se retourne sur elle aujourd'hui. Qu'il fallait être sérieux.

Même s'il n'en pensait pas un mot. Car bien sûr que Bob avait raison. Sa femme était magnifique. Dans ce domaine aussi, il avait fait mieux que tout le monde. Il n'aurait plus manqué que Richard le lui concède.

Nicole relâcha son étreinte et son sac à main s'effondra sur le sol dans un petit bruit sourd. Puis elle porta les mains à son visage avant d'éclater en sanglots. Myriam jaillit de la voiture et fonça vers elle. Elle lui susurra quelques mots à l'oreille et lui caressa affectueusement les cheveux. Myriam lui ramassa son sac et, tout en maintenant sa main autour d'elle, l'invita à pivoter et tourner le dos à celui dont elle ne se séparait jamais plus de deux jours. L'accompagnant dans toutes ses tournées. S'asseyant dans un fauteuil capitonné dans un coin de la salle pendant les répétitions. Passant de loge en loge avant les représentations pour s'assurer que chacun et chacune aille bien. Offrant ses lèvres délicates à un baiser furtif avant que Bob ne rejoigne la scène pour recevoir un prix.

Elles montèrent toutes les deux à l'arrière. Richard voulut mettre un peu de musique pour chasser leurs idées noires mais ne le fit pas. Les filles, blotties chacune contre une portière, avaient ouvert les vitres et laissaient l'air chaud, brûlant, fouetter leurs visages.

Ça va Richard ? L'enterrement de Bob n'était pas trop long, par rapport au bateau, sinon il fallait me le dire, j'aurais essayé d'enterrer mon mari de manière plus expéditive ? ironisa Nicole tandis qu'ils entraient dans la ville, en direction des quais.

Excuse-moi, grommela-t-il suffisamment bas pour qu'elle n'entende pas distinctement son acte de contrition mais sache qu'il avait dit quelque chose du genre.

On ira un peu sur le pont avant de manger, ça nous fera du bien de prendre l'air, suggéra Myriam pour changer de sujet, en saisissant la main de son amie.

*

Ils patientaient depuis plus d'une heure trois quarts dans la file du parking devant un énorme bateau qui refusait obstinément d'abattre le pont pour leur permettre d'embarquer. Michel, son bichon maltais dans les bras, tapa à la vitre de Richard, qui, après avoir répondu aux filles qu'il emmerdait la planète, avait remis le moteur pour bénéficier de la clim. Richard la descendit de quelques centimètres à peine, de sorte que Michel dut coller sa bouche dans l'interstice pour espérer être intelligible.

On n'avait pas pris d'option coupe-file ? grimaça-t-il en s'épongeant le front.

T'as vu le prix des billets, répliqua Richard, sérieux

Michel, tu penses vraiment que j'allais leur lâcher encore vingt-trois euros en plus.

Oui enfin quand même Richard, tenta de se défendre Michel.

Richard avait remonté la vitre.

Franchement tu exagères, commenta Myriam.

C'est ça, grommela-t-il pour toute réponse.

Non sincèrement c'est vrai, tu es dur avec Michel je trouve, je ne vois pas ce qu'il t'a fait. Il est tellement adorable. Parfois je me demande si tu n'es pas un peu homophobe sur les bords.

N'importe quoi, le fait qu'il m'énerve n'a strictement rien à voir avec son orientation sexuelle. Comment peux-tu même penser une chose pareille ?

Myriam ne répondit pas. Elle se contenta de détourner son regard pour ne pas croiser celui de Richard dans le rétroviseur.

C'est trop demander, relança-t-il, un peu de quiétude, avec ce que l'on est en train de traverser ? Qu'on me laisse tranquille cinq minutes sans me soumettre le moindre problème. Mais bon je vois bien dans quel camp tu te situes Myriam. Un type couche avec un autre alors on n'a plus le droit d'émettre la moindre critique à son encontre sans se faire vouer aux gémonies. Je ne crois pas que cela rende service à la cause de l'égalité. Ou alors il faut me le dire si j'ai le droit de dire du mal seulement des hétérosexuels. Ce sera plus simple.

Arrête Richard, s'il te plaît, elle t'a juste fait une remarque, personne ne t'oblige à en faire une montagne, lui intima soudain Nicole. Ramenant ses deux amis à la gravité du moment.

Pardon Nicole, dit Myriam en l'embrassant sur la joue et lui prenant la main.

Richard mit un peu de musique. William Fitzsimmons. Son choix musical ne régla pas tout mais cela contribua à faire émerger un soupçon de sérénité dans l'habitacle. Les étés devenaient systématiquement caniculaires. L'enfer. Il jeta un œil sur sa droite vers le siège passager, vide. S'il était là, Robert serait en train de raconter en se retournant vers elles une anecdote aux filles. Qui les ferait marrer. Richard les observerait dans le rétroviseur. Elles glousseraient, se pousseraient du coude en riant. Elles essaieraient de l'interpeller pour l'intégrer au truc mais Richard ne marcherait pas dans la combine. Il laisserait son ami Bob se délecter de son petit moment de gloriole. Il y avait quelque chose de surnaturel dans l'attraction que ce type suscitait. Richard se faisait systématiquement inviter à toutes les soirées auxquelles Bob participait : cérémonie des Molières, remises de décorations, hommages en tout genre, rétrospectives, publication de ses œuvres dans des collections prestigieuses. N'importe quoi. Personne n'était réputé être plus proche de Bob que Richard. S'il venait à Richard l'outrecuidance de mettre de la mauvaise volonté à se rendre à l'une de ces manifestations, Myriam rappelait alors à son mari qu'il avait rarement refusé des portraits croisés avec Bob dans des magazines lorsqu'on le lui proposait. Sauf que les monologues interminables de Bob étaient généralement repris in extenso quand ses réponses à lui faisaient l'objet de coupes sauvages, déplorait-il amèrement après coup. On l'interrogeait parfois sur son identité au cours des pince-fesses dans lesquels il se retrouvait donc régulièrement coincé, par la force des choses. Quand son nom ne disait rien à la femme en robe moulante face à lui, une coupe de champagne à la main, il se forçait à citer quelques titres de ses romans. Si cela ne suffisait pas, il balançait alors LE titre de l'œuvre qui lui avait valu un prix prestigieux. À trente-cinq ans. Pas le Goncourt bien sûr, mais presque. Pas loin. Un peu en dessous. Juste à côté. Les plus jeunes avaient un vague souvenir d'avoir aperçu la couverture du livre dans la bibliothèque du salon de leurs parents, calée entre *L'amant* de Marguerite Duras et un ouvrage de Michel Tournier. Ensuite, on lui demandait généralement un, s'il écrivait toujours – oui il avait publié environ dix-sept romans depuis, sans qu'aucun ne suscite le même émoi – et deux, s'il connaissait le grand Robert Walker en l'honneur de qui était donnée la petite sauterie – oui vaguement, c'est un ami de ma femme, répondait-il d'un air distant. C'est à peine si son « presque frère » avait le temps de lui glisser trois mots dans ces soirées. C'est bien que tu sois là, lui affirmait-il généralement, en le prenant par l'avant-bras, le regard déjà happé par quelque producteur ou directeur de théâtre à caractère hautement plus stratégique pour sa carrière. Robert partait parfois lui chercher un verre mais ne revenait pas. Accaparé qu'il était par ses admirateurs. D'où l'intérêt très discutable de se rendre à ce genre d'événements. C'est important pour Bob que tu sois là, tu es son meilleur ami, lui serinait Myriam. Richard ne savait plus très bien ce que cela voulait dire. Il finissait par penser que le meilleur ami de Robert était Robert lui-même.

Ça y est on embarque enfin, soupira Richard. Les filles avaient fini par s'endormir à l'arrière. Des perles de sueur coulaient dans leur décolleté. La tête de Nicole reposait contre l'épaule de Myriam. Richard évitait de trop poser les yeux sur elle. Encore plus depuis la mort de Bob. Myriam s'était coupé les cheveux récemment. Parce que cela était prétendument plus pratique. Et aussi légèrement moins féminin, avait tenté d'objecter Richard sur le moment. Même si cela mettait en valeur ses magnifiques yeux bleu turquoise. Du haut de son modeste mètre soixante-six, elle conservait un petit côté femme-enfant. Particulièrement quand elle portait un jean délavé avec ses petites Veja blanches, qu'elle s'obstinait à porter sans lacets. Une sorte d'adolescente de soixante-huit ans. Nicole était de ce point de vue-là l'exact opposé de son amie. Richard ne se souvenait pas de l'avoir jamais vue autrement coiffée que de son petit carré bien sage, ses cheveux châtain clair parsemés de mèches blondes toujours parfaitement lissés. Richard l'appelait parfois Nicole Kennedy pour la faire enrager. Une proximité naturelle s'était installée entre les deux filles en quelques minutes seulement, le jour où Richard avait fini par présenter Myriam à Bob et Nicole, au milieu des années soixante-dix. Qui s'était rapidement muée en amitié indéfectible. Que ni les années ni aucune révélation d'aucune sorte n'étaient jamais venues altérer. Reléguant rapidement Richard et ses états d'âme au second plan. Le quatuor formé, rien ne semblait pouvoir entraver sa frénésie de conquête. Ils couraient les soirées, buvaient des litres d'alcool, avalaient n'importe quoi et, sous l'impulsion de Bob, pouvaient démarrer une soirée à Paris et la finir en brandissant des coupes de champagne à six heures du matin dans une voiture décapotée face à la mer en Normandie. Bob et Richard se lancèrent à corps perdu dans leurs projets artistiques respectifs. Parce qu'il buvait sensiblement moins et se rappelait plus facilement les noms des personnes qu'ils croisaient au cours de leurs nuits de fête, Bob réussit à percer dans le métier avant Richard. Sa première pièce connut un succès immédiat. Qui mit progressivement fin à leur mode de vie rock'n'roll. Chacun se replia un peu chez soi. Richard finit par se faire publier. Myriam trouva un job alimentaire dans une galerie d'art tandis que Nicole courait les castings et dégotait régulièrement des petits rôles dans des films. Avant de devenir la comédienne fétiche de Bob, d'éclater dans une de ses pièces et de lier à tout jamais son destin au sien.

Dans un des étroits couloirs menant aux cabines, Richard demanda à Myriam et Nicole si la traversée durait trois jours, plutôt que treize heures, à en juger par le poids des sacs qu'il portait en plus du sien.

Richard tu ne peux pas arrêter de râler deux minutes. Merde.

C'est là, dit-il en avisant la cabine 1313. Robert était mort, Myriam avait réservé une cabine quatre places. Avec hublot.

C'est pas mal non ? feignit-elle de s'enthousiasmer.

Nicole lui sourit tristement.

Frantz, Michel et leur chien étaient au bout du couloir. Cabine pour deux. Annie et Jean à l'opposé du bateau. À cause de son prétendu handicap. D'après Nicole, Nathalie avait bassiné Édouard pour qu'il prenne une cabine prestige sur le pont supérieur.

Les filles décidèrent de dormir sur les lits superposés de gauche. Myriam en haut, Nicole en dessous. Richard posa son sac sur le lit du haut, face à sa femme.

Richard ?

Mouais.

Cela te dérangerait de dormir en bas, face à moi ? lui demanda Nicole, je... enfin tu comprends... si je pouvais éviter de contempler un lit inoccupé toute la nuit... J'ai l'impression qu'il est encore là, je passe mon temps à le chercher partout.

C'est normal, commenta Myriam depuis son lit supérieur. Richard, tu descends, ordonna-t-elle.

OK, fit-il en enlevant son sac du haut et le posant sur le lit qui jouxtait celui de Nicole.

Il s'allongea quelques instants sur le dos. Bien sûr que cela lui faisait drôle à lui aussi. Bob prenait une place immense. Dans tous les sens du terme. Il ne faisait pas loin d'un mètre quatre-vingt-cinq et pesait plus de cent kilos avant de tomber malade. Rien que son sourire prenait de la place. Ses larges épaules. Ses longs cheveux gris, encore épais, rejetés en arrière. Ses dents du bonheur. Ses yeux immenses qui s'allongeaient en amande quand il les plissait en souriant. L'homme ultime. Le metteur en scène. Un peu surcoté selon Richard. Pour ne pas dire particulièrement choyé par certains médias qui lui offraient régulièrement leur une. Un hors-série de *Télérama*. Auquel Richard était abonné depuis cinquante ans et qui n'avait même pas pris la peine de rédiger une critique sur son dernier roman.

Tu trouves ça normal Bob, hein, franchement, tu n'y vois pas une forme d'acharnement contre moi, s'était plaint Richard. Une sorte de pied de nez de l'establishment à l'écrivain que je suis, sous prétexte que je ne joue pas le jeu comme je devrais peut-être le faire, comme tu le fais Bob ?

Écoute Richard, je ne sais pas moi, lui avait-il répondu, je peux tenter de passer un coup de fil, mais je ne te promets rien, tu sais ils sont hyper pointus en matière de sélection, il y a quoi, huit, neuf critiques chaque semaine ? Tu t'es déjà amusé à comparer avec le nombre de romans qui sortent chaque année ? Mais je peux essayer si tu veux...

Plutôt crever.

On a rendez-vous à dix-neuf heures sur le pont supérieur, annonça Myriam.

Richard se demanda si une fois, une fois seulement, elle pourrait s'abstenir de revêtir son tee-shirt marin à rayures pour la traversée.

Bon eh bien allons-y alors, dit Nicole en farfouillant dans un sac et sortant tout le nécessaire.

*

Ah ma chérie tu es là, s'écria Michel un grand sourire aux lèvres en s'avançant vers Nicole.

On lui trouvait souvent un air à la Charles Trenet. Même si Michel n'avait jamais fréquenté que des garçons de son âge, ou sensiblement. Le souffle de l'air était aussi chaud que s'il était brassé par un ventilateur de plafond dans une pièce non climatisée. Comme chaque année, Édouard et Nathalie avaient été envoyés en éclaireurs, dans le but de s'arroger les deux bancs vissés sur le pont supérieur, à l'arrière du bateau, avant que la masse des autres voyageurs ne s'en empare. Les amis les avaient rejoints et avaient disposé dessus glacières, petits toasts, boîte de crabe Chatka, caviar, et chips aux truffes. C'était une sorte de tradition. Ils magouillaient des mois à l'avance pour prendre leurs billets en même temps. Et entamaient la traversée par un apéritif haut de gamme. Debout face au port, ils contemplaient tous ensemble d'un air satisfait, une coupe à la main, la ville qui s'éloignait. Jusqu'à ce qu'elle ne devienne plus qu'une petite tache insignifiante à leurs yeux fatigués. Ils disaient joyeusement adieu au bruit, à la pollution, à leurs enfants, à leurs petits-enfants, aux emmerdes, aux débats télévisés, à leurs acuponcteurs, à leurs oncologues, à leurs calculs de points de retraite, aux réunions de copropriété houleuses, à tout ce qui les reliait à une forme de vie très civilisée. On ne savait plus exactement qui pouvait revendiquer la paternité de la découverte de leur eldorado. Cela se jouait peut-être entre Robert et Richard. Comme souvent. D'après Michel, cela dépendait des critères, selon que l'on considérait le premier à avoir acheté un terrain ou le premier à avoir fait construire. Michel avait pour sa part hérité des lieux à la mort de son père. À qui il n'avait pas parlé depuis qu'il l'avait chassé de la maison à dix-sept ans ; après avoir découvert son goût immodéré pour le cinéma, la danse et les garçons. Dans un ordre variable. Mais il était fils unique. Les maisons des deux auteurs, comme aimaient à les appeler ironiquement leurs amis, avaient été construites dans le style d'anciennes bergeries en pierre. Elles étaient côte à côte et presque identiques dans leur conception. La vie s'organisait au premier étage, dominé par une immense pièce dotée de larges baies vitrées, ouvrant elles-mêmes sur une terrasse de deux cents mètres carrés qui surplombait le jardin et offrait au loin une vue époustouflante sur la baie et le minuscule port, face à eux. Les rez-de-chaussée, aménagés en appartements indépendants, étaient dévolus aux amis de passage. Richard et Robert aimaient s'échapper tout au bout de leur jardin, un verre à la main, et s'asseoir sur le banc en fer qu'avait fait installer Richard sur son terrain, quelques mètres à peine au-dessus du rivage, au pied des montagnes. Jusqu'à ce que leur parviennent au loin les cris de leurs femmes leur demandant ce qu'ils foutaient et attendaient pour les rejoindre à la maison. Édouard, arrivé sur le tard, avait dû se contenter d'une maison sur les hauteurs. Il profitait de couchers de soleil incomparables mais ne bénéficiait pas, contrairement aux autres, d'un accès direct à la mer depuis son jardin. Il déboulait donc généralement d'un pas léger sur le terrain des uns ou des autres, en maillot de bain Vilebrequin, serviette sur l'épaule, ses longs et fins cheveux gris savamment lissés vers l'arrière, pour aller se baigner. La notion de limite de propriété avait volé en éclats dès le début de leur aventure commune. Chacun allait et venait à sa guise en passant d'un jardin à l'autre, sans que cela n'étonne personne.

Après y avoir passé d'innombrables vacances, ils y vivaient la moitié de l'année, si ce n'était pas plus, depuis pratiquement vingt ans maintenant.

À Bob, lança solennellement Édouard en levant sa coupe.

À Bob, répondirent-ils tous en chœur avant de s'enfiler leur verre cul sec. Nathalie trinqua avec un gobelet vide. Elle ne buvait quasiment que des jus de légumes bio, assez difficiles à dénicher sur ce type de bateau qui privilégiait largement les jus concentrés premier prix additionnés de sucre.

Myriam et Annie entouraient Nicole. La soutenaient même. Elle avait mis un châle brodé de noir autour de ses épaules, dont les extrémités virevoltaient au gré des bourrasques. Jean s'était levé de son fauteuil pour participer au toast, ce qui n'avait pas manqué de déclencher quelques échanges de clins d'œil entre Richard, Édouard et les garçons.

Quoi ? leur demanda Jean quand il intercepta leurs moqueries.

Rien, ta sclérose a l'air d'aller un peu mieux non ? demanda perfidement Michel.

Vous croyez encore que je simule c'est ce que tu insinues ? Tu crois que ça m'amuse de passer mes journées cloué à ce truc ? se défendit-il d'une voix faible, légèrement tremblante.

Ils se mirent tous à subitement scruter leurs chaussures. Annie se sentit obligée d'intervenir.

Mince les garçons arrêtez, supplia-t-elle de sa voix douce, Jean fait ce qu'il peut et franchement, sclérose ou pas, le fait est qu'il marche avec difficulté depuis quelque temps, que ça vous plaise ou non.

Exceptionnellement, Richard ne chercha pas à nourrir le débat.

Nicole s'était éloignée à la pointe du navire. On ne voyait déjà plus les côtes. Restait l'immensité de la mer, le vide, l'absence. Tous la rejoignirent et l'entourèrent. Ils observèrent avec circonspection Michel, soutenu par Frantz, attacher consciencieusement une petite ficelle autour d'une bouteille de champagne, prendre la main de Nicole, et ensemble fracasser la bouteille contre la coque en dessous d'eux. Pour Bob.

La petite bande regagna les bancs sur lesquels étaient disposées les victuailles. Avec l'énergie caractéristique que les gens de leur âge déployaient dès qu'il s'agissait de manger – on n'était à l'abri de rien – ils se jetèrent sur leur pique-nique pantagruélique. S'enfilèrent un certain nombre de bouteilles de Château des Tours Vacqueyras 2011. Les filles sortirent leurs pashminas entre chien et loup. La température baissait vite en pleine mer. Frantz, bien qu'un peu plus jeune, fatiguait vite. Il dormait à moitié sur le banc, écroulé contre Michel. Nathalie avait voulu aller jouer un peu au casino. Au grand dam d'Édouard.

Soudain, Jean demanda devant une assistance médusée si l'on avait bien pensé à trinquer à Bob. Il ne se souvenait plus.

Bon, on va se coucher les amis, proposa simplement Myriam. Tu ne viens pas Richard ?

Je reste encore là cinq minutes, je vous rejoins, dit-il sans se retourner vers elle.

On n'y voyait presque plus rien sur le pont. Richard s'avança vers le bord.

Putain la vache, j'aurais bien aimé être là avec vous. Voir ce caviar, là, et ne pas pouvoir y toucher. Sans parler du pinard. Mes salauds. Mais bon, ça me fait plaisir de vous observer tous, unis comme jamais. Je continue d'y voir une forme de miracle. Ne t'en déplaise.

Richard ne répondit rien à Bob dont il avait réellement cru percevoir la voix, glissée dans le souffle du vent. Il remarqua que des larmes descendaient en procession sur ses joues. Un flot continu de peine et de rage.

Putain tu fais chier Bob, finit-il par lâcher face à la mer avant de s'essuyer maladroitement le visage de ses mains et de regagner la cabine.

Les filles ne dormaient pas encore.

Ça va Richard ? lui demanda Myriam quand il s'allongea, encore habillé, dans son lit inférieur, à quelques dizaines de centimètres à peine de Nicole.

Génial, j'ai passé une super journée, j'ai adoré, persifla-t-il avant de se retourner face à la paroi opposée.

Nicole alluma plusieurs fois sa petite loupiote durant la nuit. Vers quatre heures du matin, à nouveau éveillée, elle planta ses yeux dans ceux de Richard qui brillaient dans la pénombre, et l'observaient. Durant de longues minutes, aucun des deux ne détacha son regard de l'autre. Puis elle se rendormit.

*

Ils avaient bu un café infâme sur le port avant de se mettre en route. Après la nuit passée sur le bateau, leurs vieux visages chiffonnés étaient en tout point semblables à des mouchoirs en papier roulés en boule au pied d'un lit en période d'épidémie de grippe.

Le ciel s'était couvert. Les filles somnolaient à l'arrière, totalement indifférentes à la succession de virages tous plus traîtres les uns que les autres qui parsemaient les deux longues heures de trajet séparant leur petit coin de paradis du port. Richard écoutait l'album posthume de J.J. Cale. Toujours assez prompt à dévaloriser son propre travail, Richard mesurait toute la distance qui le séparait de ce musicien de génie. Il lui enviait sa science inimitable du phrasé, doublée d'une virtuosité savamment dissimulée sous une facilité apparente confinant au je-m'en-foutisme. Bref, l'incarnation du cool. Sans compter la manière dont le musicien avait réussi à mener une carrière remarquable en tournant la plupart du temps le dos à son public, à la logique du show-business et aux patrons de maisons de disques. Richard commençait à le rejoindre sur ce dernier point. On l'invitait de plus en plus rarement à des festivals littéraires et son éditeur refusait régulièrement de le prendre en ligne. S'arrangeait pour le voir entre deux rendez-vous quand Richard insistait. Paul ne lui avait plus payé à déjeuner depuis au moins deux ans et demi, ce qui pouvait s'interpréter comme un signe. Il venait même de refuser d'un air faussement contrit son dernier manuscrit. Pour la première fois en trente ans.

Le marché change, Richard, il faut que tu t'en rendes compte, lui avait-il asséné. L'âge d'or n'est plus qu'un lointain souvenir dont seuls des types comme toi et moi peuvent encore témoigner de l'existence passée. Mon petit-fils passe quatre heures par jour sur Fortnite.

Richard avait levé les yeux vers Paul, visiblement perplexe.

Un jeu vidéo, Richard, c'est un jeu vidéo.

Ah, avait lâché Richard, d'un ton désabusé.

Les gens ne lisent plus, relança Paul, que veux-tu que

je te dise. Chaque jour un lecteur meurt et n'est pas remplacé. Appelle ça crise, déclin de notre civilisation, tout ce que tu veux, les faits sont là. Tu veux les chiffres de vente de ton dernier ?

Et pour mon avance Paul ? avait demandé Richard, en plein déni.

Richard, ton manuscrit a été refusé, refusé.

Il ne se souvenait même pas si Paul lui avait donné plus de détails. Richard était assis sur un fauteuil, en face de l'homme qu'il considérait alternativement comme son bienfaiteur et son maquereau. Pendant que Paul tentait vainement de le noyer d'arguments, Richard était tombé en extase devant un corbeau qui allait et venait entre les toits de l'hôtel particulier qui les hébergeait et un arbre centenaire, trônant dans la cour principale. Il voyait les lèvres de Paul bouger mais son attention était entièrement accaparée par le volatile qu'il observait par la petite lucarne ouverte derrière la tête de Paul.

... enfin bref, si je dois te le dire de cette manière, le Comité a dit qu'ils ont l'impression de l'avoir déjà lu six ou sept fois, ces dix dernières années, venant de toi.

Ah...

Richard, je te parle comme à un ami, on se connaît, prends ça comme une chance, pars sur quelque chose de complètement différent. Surprends-nous.

Paul tu te rends compte de ce que tu me demandes, tu veux quoi, que je m'invente un frère schizophrène, une mère incestueuse, que je révèle un gros secret de famille fictif, que j'accuse mon grand-père d'avoir été collabo, tu veux que je révèle mon homosexualité ? Dis-moi, je te l'écrirai.

Arrête Richard, il n'y a pas que ça.

Richard avait fermé les yeux un instant. Avant de soupirer.

Tu l'as fait lire à ton ami Robert Walker ? avait relancé Paul.

Il fait partie du Comité de lecture maintenant ? avait ironisé Richard.

Non mais tu sais comme moi que son avis compte, ça peut aider.

Je ne crois pas avoir jamais eu besoin de me livrer à ce genre de manœuvres pour me faire publier.

Eh bien réfléchis-y Richard. Tiens-moi au courant.

*

Richard n'avait pas eu le courage d'annoncer la mauvaise nouvelle à Myriam. Au fil des semaines, à force de botter en touche chaque fois qu'elle l'interrogeait sur la date de sortie de son prochain livre, il avait fini par prétendre avoir jeté son manuscrit à la poubelle, en dépit des cris d'orfraie de Paul, et préféré se lancer sur un nouveau texte. Une bombe. Elle allait voir. Sauf qu'il était un peu à sec. Quelques-uns des mots de son éditeur tournaient en boucle dans son esprit. *Surprends-nous*. Richard se figurait exactement ce que Paul voulait dire par là, même si injonction ne valait pas solution. À rebours d'une fraction grandissante d'écrivains contemporains dont Richard vomissait l'impudeur autant que le manque d'imagination, et qu'il accusait régulièrement de vouloir assassiner le genre fictionnel, il se savait victime d'une incapacité chronique à se livrer. Tenait ses émotions à distance à travers de multiples couches d'ironie. L'idée de se mettre à nu le terrorisait depuis toujours. Paul était pourtant indubitablement dans le vrai. Il renouerait peut-être avec le succès. Au prix d'un terrible reniement. D'un effort surhumain sur lui-même. La question était de savoir si le jeu en valait la chandelle.

Un coup d'œil dans le rétroviseur lui confirma que les filles dormaient toujours à poings fermés, littéralement affalées l'une sur l'autre. Il admirait profondément Myriam, même si elle l'exaspérait la plupart du temps. Il aurait pu perdre pied des milliers de fois sans elle. Sans son incroyable lumière intérieure pour compenser sa noirceur à lui. Il avait honte parfois de l'enfermer dans ce rôle de femme protectrice. Peut-être avait-elle rêvé d'autre chose que de passer sa vie à soigner les douleurs morales de son mari. Nicole dans son genre ne valait guère mieux que lui. Richard la connaissait assez intimement pour savoir que derrière son image de femme modèle se cachait une demi-dingue. La main droite de Nicole reposait mollement sur l'épaule de Myriam. Plongé dans ses pensées, il faillit louper un virage. Michel klaxonna derrière lui et essaya de lui faire signe de s'arrêter, à grand renfort de gestes d'incompréhension. Richard lui fit un doigt et augmenta légèrement le volume de la musique.

Ça va Richard ? Tu veux que je te remplace ?

Ça va Myriam, on y est dans moins d'une demi-heure, je te remercie.

Ses mains lui faisaient mal à force de serrer le volant. Il sentait depuis quelque temps l'arthrose s'emparer sournoisement de lui. Heureusement qu'on ne tapait plus sur des machines à écrire. Il aurait été reconnu en incapacité de travail. À demi invalide.

Elle dort encore, dit Myriam, désignant Nicole à côté d'elle.

J'ai vu.

Tu en as profité pour réfléchir à ton prochain manuscrit ?

Pas vraiment, mentit Richard.

Tu vas pouvoir t'y consacrer tranquillement ici, c'est bien.

J'espère.

Ils contournèrent la baie en longeant la mer sur une petite route en terre puis arrêtèrent leurs véhicules à l'entrée du chemin qui desservait leurs propriétés respectives, face à celle de Richard et Myriam. Richard descendit le premier. Quand il ouvrit la portière, une énorme bouffée d'air chaud, gorgé d'iode, lui sauta à la gorge. Il fit quelques pas en direction des voitures d'Édouard et de Michel, garées derrière, en file indienne. Édouard s'extirpa à son tour de sa Saab 900 décapotable, son éternel air satisfait accroché au visage, les mains sur les hanches pour se détendre le dos. Suivi de Nathalie qui regardait sa montre en soupirant. Michel s'avança vers eux en leur faisant un petit signe amical de la main. Richard revint sur ses pas et frappa au carreau de Nicole et Myriam, restées à l'intérieur. Nicole était livide et visiblement incapable de bouger, d'après ce que lui fit comprendre Myriam à travers la vitre. Elle semblait comme agrafée par le dos au dossier du siège arrière.

Bon, lança Édouard, on s'installe tranquillement, on se fait une petite sieste pour récupérer, on laisse les filles faire quelques courses et on se retrouve chez Richard pour une partie de boules vers seize heures ?

Il avait gardé ses réflexes de chef d'entreprise. Briefing, planification de la journée, objectifs.

On verra, maugréa Richard.

Top, s'enthousiasma Michel en se tournant vers Frantz, resté au volant, et l'embrassant furtivement par la fenêtre.

Jean ne dit rien. Il tenait la main d'Annie, les yeux dans le vide. Richard se demanda s'il n'avait pas un problème, réel cette fois. Il semblait perdu.

Les autres remirent les moteurs en route et se dispersèrent dans un nuage de poussière ocre. Richard remonta à l'intérieur de sa Volvo, garée face au petit portail en bois sombre de leur propriété, qu'il laissait toujours ouvert, puis se retourna vers les filles, scotchées à l'arrière. Il haussa les sourcils dans l'espoir d'une réponse sur ce qu'elles comptaient faire maintenant.

Nicole tu as tes clefs ? demanda Myriam.

Pas de réponse.

Myriam sortit, fit le tour de la voiture par l'extérieur et actionna la poignée de la portière de Nicole avant de l'aider à s'extraire de son siège en la tenant par le coude.

File devant ouvrir la maison, Richard, j'accompagne Nicole chez elle. N'oublie pas d'ouvrir les fenêtres en grand pour aérer.

Richard détestait qu'on lui donne des ordres.

*

Myriam lui avait présenté cela comme une solution temporaire. Il fallait se mettre à sa place. Personne n'aurait envie de vivre sciemment dans une maison hantée par un fantôme. Ils pouvaient bien faire l'effort de l'accueillir quelque temps. Richard lui répondit qu'il était quand même fou de constater que, même mort, Bob se débrouillait pour occuper tout l'espace.

Tu es en colère mon chéri. Tu es en colère parce que ton ami est parti et qu'il te laisse seul. Comme un enfant. C'est bien que tu laisses sortir tout cela de toi Richard. C'est positif.

Je préfère ne pas te répondre Myriam, ronchonna Richard.

Je dis cela pour ton bien, tu le sais, répondit-elle, d'une voix apaisante cherchant à imiter celle du psychiatre Christophe André.

Richard avait demandé à sa femme d'appeler les autres pour annuler la partie de pétanque. Trop chaud. Et puis ils n'étaient pas pressés, ils étaient là pour plusieurs mois. Elle avait déjà rangé toutes leurs affaires dans la maison et troqué son jean pour un petit short en popeline et un tee-shirt rose pâle sans manches. Myriam avait renoncé dès l'âge de quarante-cinq ans à masquer ses cheveux blancs par des teintures hors de prix. Elle l'avait revendiqué à l'époque comme un geste militant extrêmement fort. Bien avant MeToo et tout le reste. Son choix capillaire n'avait pas dérangé Richard. Son visage demeurait aussi juvénile, quelle que soit sa couleur de cheveux. Il ne restait plus à Richard qu'à fermer les volets au cas où il y ait du vent cette nuit. Tandis qu'elle lui enjoignait de manière préventive de faire preuve d'un minimum de sociabilité, cette fois, après ce qu'ils venaient tous de vivre, Richard lui rétorqua qu'ils n'avaient plus vingt ans, et qu'ils risquaient de tourner au ridicule en continuant à se comporter comme une bande de hippies dans les années soixante-dix. Il osa même suggérer que les autres étaient à ses yeux avant tout des voisins. Le goujat.

Myriam disposait de sa propre petite armoire dans la salle de bains. Elle y entreposait tout son matériel de naturopathie. Ses fioles, ses feuilles séchées dans de petits bocaux en verre. Tout son matériel de sorcière, comme aimait à le dire Richard. Elle était certaine que cela allait bien se passer. Peut-être que la présence de Nicole inciterait Richard à faire les efforts que leur nombre d'années de vie commune rendait aujourd'hui illusoires. Elle avait souvent imaginé se remettre en couple avec une femme, si jamais elle quittait Richard. Le caractère de chien de son mari assorti de sa haine tenace envers l'establishment littéraire, responsable selon lui de son succès déclinant, l'avait plus d'une fois incitée à faire ses valises; et pour autant, elle ne s'imaginait pas une seule seconde vivre avec un autre homme que lui. Elle n'avait jamais mis sa menace à exécution. Mais il ne fallait jurer de rien. Il ne fallait pas qu'il croie une seule seconde qu'elle n'était pas capable de le faire. Elle le lui disait carrément. Quand il la poussait à bout. Devenait trop insupportable. Elle riait parfois avec Nicole de la tête que faisaient les hommes quand on menaçait de les quitter. L'air qu'ils affichaient alors. Leur incroyable propension à s'imaginer qu'eux seuls détenaient les clefs, persuadés qu'ils étaient au plus profond d'eux-mêmes que si l'un des deux devait quitter l'autre, ce ne pourrait être qu'eux. Jusqu'à ce qu'ils se retrouvent à souscrire un abonnement à l'intégralité des chaînes sportives disponibles et atteignent la dixième pizza gratuite à la pizzeria du coin en moins de quinze jours. Jusqu'à ce que la poussière s'amasse sur les tapis de la maison, qu'ils versent chaque jour quelques croquettes dans la gamelle du chien. Jusqu'à ce qu'elle déborde totalement et qu'ils réalisent alors que leur femme avait aussi emmené leur animal de compagnie avec elle.

Richard trébucha sur les deux zafu de méditation de Nicole et Myriam posés au milieu du salon. Cela n'allait pas être simple. Il se demanda si Myriam se rendait bien compte de ce que sa décision impliquait. Du supplice qu'elle s'apprêtait à lui infliger. Du risque qu'elle leur faisait prendre. De son côté, Myriam essayait de se persuader qu'elle savait ce qu'elle faisait, qu'elle contrôlait la situation. Après tout cela ne faisait que quarante ans qu'ils dansaient sur une corde. Qu'elle avait l'impression de faire ménage à trois, elle, Richard et le trou béant logé au centre de son cœur. Elle n'était pas sotte. Pas au point de ne pas voir la manière dont Richard se raidissait en présence de Bob et Nicole. Elle avait remarqué dès le début de leur relation que son mari se comportait un peu différemment en présence de son amie. Dans un sens ou dans l'autre. Il pouvait se montrer particulièrement exécrable comme offrir une version nettement améliorée de lui-même. En fonction des circonstances. Sauf que jusque-là Bob était vivant, et sa présence écrasante ainsi que son appétit pour la vie, terriblement contagieux, laissaient peu de place aux autres considérations. Mais on verrait bien, se disait-elle aujourd'hui, avec son indéfectible confiance dans l'avenir. Nicole avait pris la petite chambre d'amis, derrière la cuisine. Et encore, Myriam avait lourdement insisté pour lui laisser leur chambre. Ce qui aurait condamné Richard à multiplier les nuits blanches. S'il y avait bien une chose qu'il détestait aujourd'hui, c'était qu'on lui brouille ses repères. En vieillissant, on avait besoin de se raccrocher à un minimum d'éléments intangibles.

Tu voulais que je fasse quoi, murmura Myriam en se tournant vers lui dans le lit.

Je ne sais pas moi, je veux dire... Bob est mort. Qu'on le veuille ou non ; il va bien falloir à un moment que Nicole se confronte à cette réalité. Tu ne crois pas ?

Six jours, il est mort il y a six jours Richard, tu conviendras que c'est un peu court, non, pour passer à autre chose. Si ça m'arrivait...

Quoi ?

Tu vois bien. Si... si je mourais, comme ça, subitement, ne me dis pas que tu...

Je vais boire un coup, j'ai soif, dit Richard en se levant du lit.

Elle a encore oublié d'éteindre la lampe du salon, rumina-t-il intérieurement en progressant à pas de loup dans une semi-pénombre. Comme elle était assez petite, il ne remarqua pas tout de suite Nicole, dont la tête ne dépassait pas du dossier du fauteuil.

Richard, dit-elle.

Ah tu es là, dit-il d'un ton qui tenait autant de la surprise que du reproche. J'avais soif.

Il alla se servir un verre à la cuisine puis revint s'asseoir dans l'autre fauteuil, face à elle. Elle portait une chemise de nuit légère et avait remonté ses jambes contre elle. Elle tenait ses genoux entre les mains, un sourire triste aux lèvres. Myriam dormait sans doute déjà. Un coup de massue ne lui permettrait pas de s'endormir plus vite qu'elle ne le faisait habituellement.

Richard fit tourner le glaçon dans son verre et but une gorgée.

Je peux boire dans ton verre ? lui demanda-t-elle.

Il n'aimait pas trop cela. Mais se pencha néanmoins en avant pour lui tendre.

Merci.

...

Pouah, s'étrangla-t-elle après avoir avalé une très grande gorgée, mais c'est quoi, ce n'est pas de l'eau.

Du gin, j'ai changé d'avis en te voyant, avoua Richard.

Salaud, dit-elle en riant. Je te fais si peur que ça ?

Pire que cela, ironisa-t-il.

Enfin Richard, cela fait longtemps maintenant... non ?

Je n'aime pas ça, répondit-il simplement en allant se resservir un verre et regagnant sa place.

Il me manque tellement, dit-elle d'une voix étranglée en plantant son regard dans celui de Richard.

Moi aussi, confessa-t-il d'une voix faible.

Richard se taisait. La présence de Nicole continuait de le rendre nerveux.

Je te mets mal à l'aise ? demanda-t-elle.

J'ai mal au dos, j'ai dormi dans une cabine de bateau plus inconfortable qu'une cellule de dégrisement, je me suis tapé deux heures de bagnole et huit cent cinquante virages, je suis vieux, j'ai sommeil mais je n'arrive pas à dormir. Je hais la vieillesse. Tu veux que je te dise, je trouve ça ignoble de vieillir, ignoble.

Elle rit légèrement en inclinant sa tête en arrière contre le dossier du fauteuil.

Richard mentait. Il noircissait le tableau. Elle était encore incroyablement belle. Et entre dix heures du matin et disons dix-huit heures, il n'avait pas l'impression qu'ils étaient si vieux que ça. Avant et après, cela se gâtait clairement. Il se leva.

Tu vas écrire ?

Non, je vais me coucher, répondit-il.

*

Assis tous les trois côte à côte à la grande table sur la terrasse, afin que chacun bénéficie de la vue sur la mer, Richard fit remarquer à Nicole et Myriam qu'il lui semblait dénombrer nettement moins de bateaux amarrés au port que l'été précédent. Les deux filles venaient juste de terminer leur séance de méditation matinale.

C'est ta vue qui baisse, rétorqua Nicole en recroisant les pans de sa chemise de nuit en soie qui laissaient presque apparaître ses seins. Myriam lui avait préparé un cocktail d'huiles essentielles à avaler à jeun avec son jus de citron bio.

Ou l'effet de l'une de tes nombreuses théories apocalyptiques Richard, abonda Myriam.

Elles rirent toutes deux franchement.

Un jour plus personne ne viendra sur cette île, prophétisa très sérieusement Richard, et on finira par ressembler aux moai de l'île de Pâques.

Bob adorait ces moments, dit soudain Nicole. Il adorait qu'on se retrouve tous ici l'été. Il y retrouvait une forme de vérité.

Première nouvelle, dit Richard.

Arrête Richard, lui asséna sèchement Myriam.

Nicole essuya une larme d'un revers de main. Richard se resservit une tasse de café.

Vraiment Richard, reprit-elle, contrairement à ce que tu crois, il ne prenait aucun plaisir aux mondanités auxquelles notre vie parisienne nous astreignait. Il le faisait pour permettre à son art d'exister, pour pouvoir continuer à financer ses projets, et puis pour partager un peu de son aura aussi ; ne crois pas qu'il s'en enorgueillissait ou y trouvait une manière d'assouvir son ego. Non le vrai Bob, c'est celui que nous connaissions ici, avec son vieux bermuda et ses tee-shirts troués, blagueur, chef de bande, rassembleur, lanceur de défis en tout genre. Tu te souviens de la fois où vous avez failli vous noyer en voulant nager jusqu'à la pointe en pleine nuit ?

Je me souviens, acquiesça Richard, ému.

Tu sais Richard, ton avis comptait pour lui, il avait besoin de ton regard critique sur son travail, sur sa vie même.

Richard ne dit rien. Il remit ses lunettes de soleil sur le nez.

Il comptait beaucoup pour moi aussi, lâcha-t-il finalement d'une voix faible, on ne serait pas restés amis tout ce temps sinon...

Nicole s'effondra alors en larmes dans les bras de Myriam. Relevant la tête, elle ouvrit son bras droit pour que Richard les rejoigne dans leur effusion mais il s'était levé, et fixait l'horizon, debout juste devant elles.

*

Myriam et Richard sortaient à peine de la sieste quand ils découvrirent Annie en train d'arroser Jean avec un jet d'eau en contrebas de la terrasse, entre un massif de juniperus et des asphodèles en fleur. Le pauvre homme était cloué dans son fauteuil, en maillot de bain, et s'agrippait aux accoudoirs, une horrible grimace sur le visage. Mais enfin qu'est-ce que vous foutez, s'insurgea Myriam.

Quoi, qu'est-ce qu'on fout, rétorqua Annie, en stoppant le jet. Tu vois la température qu'il fait ? Alors comme Jean ne peut plus trop aller se baigner, j'ai pensé que cela lui ferait du bien de se rafraîchir un peu...

Vu comme ça... ça va Jean ?

Il secoua sa main droite d'un air de dire que cela allait moyen.

Ben tu ne parles plus ? relança Myriam.

Si si, dit Jean d'une voix faible... c'est que j'ai un peu froid maintenant.

Annie lui enroula une serviette autour du cou et l'aida à se lever. C'est vrai qu'il ne marche pas si mal que cela quand il se donne la peine, pensa Myriam.

Annie et Jean étaient plus âgés qu'eux. Ils devaient approcher des quatre-vingts ans. Jean était issu de la bourgeoisie. Héritier d'une grande fortune industrielle qu'il avait lui-même contribué à faire fructifier grâce à son fonds d'investissement. Il avait décidé un jour de s'acheter un théâtre et c'est comme cela qu'il avait rencontré la bande. Il émanait de lui une classe toute en retenue. Son humour froid avait souvent été d'un grand secours pour faire un peu baisser la température entre Richard et Robert, quand leurs éternels débats philosophiques tournaient vinaigre en fin de repas. Il avait même produit une adaptation théâtrale d'un texte de Richard. Que Bob avait refusé de mettre en scène. Pour ne pas tout mélanger, avait-il prétendu.

Annie s'approcha de Myriam tandis que Jean, qui avait abandonné son fauteuil roulant dans une flaque au milieu du jardin, s'éloignait d'un pas lent, en s'aidant d'une canne.

Ce n'est pas juste la chaleur, dit alors Annie à l'oreille de son amie.

Ah bon ?

Je ne sais pas ce qu'il a, si ce sont ses médicaments ou quoi, mais il a retrouvé une véritable vigueur de jeune homme depuis une semaine, je n'arrive plus à le tenir, non mais tu te rends compte, quelle honte, à nos âges.

Incroyable, pouffa Myriam.

Je te jure, il bande du matin au soir. Je n'en reviens pas. Alors je me suis dit... un peu d'eau froide, enfin presque tiède... Bon j'y vais, dit-elle en partant à la suite de Jean.

Vas-y, répondit Myriam, amusée, avant d'interpeller du regard Richard, qui, en surplomb, observait la scène une tasse de café à la main. En pointant Jean du doigt, il invita Myriam à se tourner à nouveau vers leur ami. Il venait de lâcher momentanément sa canne pour ouvrir le petit portillon qui séparait leurs propriétés et remonter chez lui, suivi par Annie.

Tant mieux après tout s'il remarche, commenta-t-elle

en se portant à hauteur de son mari, toujours stoïque, depuis son poste d'observation.

Ouais, je devrais peut-être moi aussi m'inventer une paralysie après tout, ça me reposerait.

De quoi ? l'interrogea sincèrement Myriam.

De tout, de rien, maugréa Richard en s'éloignant vers le salon, au frais.

Ils avaient fait installer la clim, il y a quelques années, après que Richard avait vendu les droits audiovisuels de l'un de ses romans.

Qu'est-ce qu'il a encore, ton ronchon d'écrivain, demanda Nicole en sortant de sa chambre et s'approchant de Myriam.

Oh je ne sais pas, on est tous chamboulés non ? Tu as réussi à te reposer un peu ma chérie, s'inquiéta Myriam en prenant son amie dans les bras.

Couci-couça, répondit tristement Nicole, je suis allée lire dans le salon, j'ai fini par m'endormir. Il fait une chaleur de bœuf non ?

Oui c'est dingue cette année j'ai l'impression. En même temps tu as vu les manifestations de jeunes, tout le battage, et puis Greta truc là, cela va devenir compliqué de prétendre qu'on ne savait pas non ?

On est trop vieux pour ça, soupira Nicole avant de s'asperger le visage au moyen d'un brumisateur Evian, puis d'en faire de même sur celui de Myriam. Des gouttes d'eau perlaient sur leurs joues mouchetées par quelques taches de vieillesse, malgré les budgets effarants qu'elles consacraient depuis au moins vingt ans à l'achat de crèmes anti-âge. Elles se refilaient l'une l'autre des noms de marques, comme de vieux bookmakers s'échangeraient de bons tuyaux avant les courses dans les coursives d'un hippodrome.

Michel et Frantz viennent dîner ce soir, annonça Myriam.

Ah, je vais t'aider à préparer le repas si tu veux, proposa Nicole.

*

Il suffisait de faire trois pas dans le jardin pour se retrouver en nage. Myriam posa son bouquet d'herbes aromatiques sur le comptoir de la cuisine pour aller changer de tee-shirt. Un rose pâle serait plus gai que le noir qu'elle portait. La main sur la poignée de la porte, elle entendit que Richard était au téléphone, visiblement avec Paul, son éditeur. Elle n'entra pas mais colla son oreille.

Ça avance, oui ça avance, s'énervait Richard, tu voudrais quoi, que ça recule ?

Arrête Richard, tu me fatigues. Je suis épuisé d'ailleurs, soupira Paul d'une voix faible.

Franchement c'est difficile, difficile, se plaignit Richard.

Richard je t'en prie, supplia Paul.

Quoi, tu imaginais quoi, que cela n'allait pas affecter notre relation, que je continuerais à te faire confiance après cela, une telle trahison ?

Je n'ai trahi personne Richard, et d'ailleurs je ne suis pas seul à décider, c'est un comité tu le sais. C'est collégial. Cela m'embête que tu le prennes comme ça.

Tu sais que je pourrais très bien prendre un agent et le proposer à la terre entière, tu le sais Paul ? menaça Richard.

Enfin Richard, on n'en est pas là, on n'en est pas là tout de même. Un manuscrit refusé en trente ans, ça reste une bonne moyenne non ?

Je me fous des moyennes, maugréa Richard, c'est presque deux ans de boulot.

Myriam avait entrebâillé la porte pour observer la scène. Richard était assis au bord du lit, le téléphone dans une main, l'autre soutenant son front alors qu'il semblait sur le point de s'effondrer.

Paul tu ne peux vraiment pas...

Richard non, tu le sais, cela ne se passe pas comme ça.

Et si je le retravaille ? Si j'accepte de le retoucher.

Paul n'en revenait pas. Richard avait toujours refusé de modifier la moindre ligne à son invitation. Par orgueil. À cause d'un ego démesuré qui l'empêchait de laisser son éditeur contribuer modestement à améliorer son texte. Faire son métier tout simplement. Ils avaient parlé cent fois si ce n'était mille de Gordon Lish et de Raymond Carver. Cet éditeur soi-disant tyrannique qui avait obligé le Tchekhov américain à opérer des coupes claires dans ses textes avant de les publier. Les manuscrits de Raymond Carver, publiés post mortem dans leur version originelle, avaient pourtant révélé sans équivoque que sans son éditeur Carver aurait été un génie, mais quand même un peu moins un génie qu'après avoir obtempéré face à celui qu'il considérait comme son tortionnaire. Ce que Richard refusait d'admettre. Paul s'était juré de ne jamais utiliser l'argument des scores de ventes pour appuyer son discours auprès d'un auteur. Jamais. Il refusait d'évoquer le moindre chiffre, même si Richard était très loin des plébiscites de ses meilleures années.

Paul avait réduit ses tirages. Sans le dire à Richard. Un petit cercle de lecteurs lui restaient fidèles, stimulés eux-mêmes par quelques libraires plutôt âgés, reconnaissants de ce que Richard leur avait apporté lors des décennies passées. Paul fut soudain pris d'une forte quinte de toux. Qui dura bien plus d'une minute.

Paul tu es là ? demanda Richard à l'autre bout du fil.

Je m'étrangle, répondit-il après s'être versé un petit verre d'eau.

Tu ne m'as pas répondu, relança Richard.

À quoi ?

Si je le retouche, si j'accepte de le retravailler, à la marge.

Richard ils ont dit non, murmura Paul, qui n'avait toujours pas retrouvé l'éclat de sa voix, je ne peux rien faire de plus que de t'inviter à entamer un nouveau manuscrit.

Richard lui raccrocha au nez. Et enfouit son visage entre ses mains. Myriam attendit encore quelques secondes et fit mine d'entrer sans être au courant de sa présence.

Ah tu es là. Ça va Richard ?

Ça va, j'ai eu Paul à l'instant.

D'accord... il va bien ?

Je ne sais pas, il tousse, il m'énerve.

Qu'est-ce qu'il te voulait ?

Oh rien, il me harcèle à propos de mon dernier manuscrit, tu sais celui que j'ai décidé de jeter, il veut absolument le publier, il me fait chier. Il refuse d'accepter que j'aie changé d'avis et que je préfère me lancer sur autre chose.

Ah, et tu vas faire quoi mon chéri ?

Je lui ai dit d'aller se faire foutre. Il attendra le prochain. C'est comme ça.

Bon si c'est ce que tu veux Richard...

Je vais me baigner... tu viens avec moi ? demanda-t-il avec une voix d'enfant.

J'arrive chéri, j'enfile un maillot et je te rejoins. Pars devant.

*

Nicole lui lança un regard morne depuis son fauteuil quand il passa devant elle, simplement vêtu d'un short de bain, en tongs. Richard gardait relativement fière allure. Il avait pour lui d'être grand et d'avoir consacré une bonne partie de son enfance à ramer dans un club d'aviron. Ce qui, rétrospectivement, avait sans doute constitué une bonne préparation à ce que serait sa vie par la suite. Il avait au moins conservé de cette époque des épaules larges et un torse encore relativement bombé pour son âge. Seul son bas-ventre trahissait son amour immodéré pour les alcools forts. Il se retourna vers Nicole avant de sortir sur la terrasse. Elle fixait le pied de la lampe posée sur le petit guéridon jouxtant son fauteuil. On ne pouvait pas lui en vouloir. Bob continuait de le hanter, lui aussi. Il sentait son ami rôder près d'eux depuis leur arrivée. De lui en particulier. L'eau était à trente-deux degrés. Richard fit quelques allers-retours en longeant les côtes avant de revenir en direction de leur minuscule plage privée. Myriam barbotait à proximité. Elle s'élança et le rejoignit en quelques brasses. Ouvrit ses bras et enroula ses jambes autour des siennes. Entoura sa nuque de ses mains et l'embrassa. Tout n'est pas totalement perdu, se dit-il en se détachant d'elle pour regagner la plage. Ils s'assirent un petit moment dans dix centimètres d'eau, face à la mer, au milieu des coquillages que le ressac expulsait vers la rive.

Elle ne va quand même pas s'installer chez nous, Myriam, rassure-moi, on parle bien de quelque chose de provisoire, hein ? chercha à se rassurer Richard en se tournant vers elle.

Elle passa son bras autour de lui et inclina sa tête contre son épaule tout en continuant de contempler la mer.

Je ne sais pas Richard, c'est difficile à dire, c'est encore tout neuf... et puis on lui doit bien cela non, c'est notre amie, *ils* sont nos amis.

Je ne dis pas le contraire, mais bon.

Ça t'embête tant que ça qu'elle vive chez nous ? demanda-t-elle.

Je ne sais pas... oui en un sens oui, répondit Richard avec franchise, je l'adore ce n'est pas le problème, mais quand même, c'est un peu gênant. On pourrait peut-être lui dire que pour elle, par rapport à son deuil, ce serait mieux de...

Tu n'y penses pas, Richard, dit sévèrement Myriam en se redressant brutalement. Si sa présence t'insupporte tant que ça c'est toi qui n'as qu'à aller vivre ailleurs.

Richard se leva à son tour et lui fit face, les mains sur les hanches.

Tu ne penses quand même pas ce que tu dis, siffla-t-il, soudainement véhément.

Et pourquoi pas ? Qu'est-ce que je ferais avec un type

qui n'est même pas capable d'héberger la veuve de son meilleur ami après son décès.

Richard lui tourna le dos. Une poignée de bateaux barbotaient dans le minuscule port. Les choses étaient comme cela depuis toujours entre eux. Même quand le ciel paraissait dégagé, les menaces pouvaient se mettre à pleuvoir à tout moment. D'une certaine manière cela les maintenait en alerte. Mais à près de soixante-dix ans, cela finissait par être un peu fatigant. Dans ses moments de faiblesse, Richard aspirait à un peu de repos.

Tu veux que je te dise, Myriam, je n'imaginais pas que Bob puisse continuer à me nuire après sa mort. Vraiment je suis abasourdi. Parvenir à me faire chasser de ma propre maison au profit de sa femme depuis l'au-delà, ironisa Richard. Chapeau Robert. C'est surnaturel. Vraiment.

Tu dis n'importe quoi, tempéra Myriam, et puis Bob ne t'a jamais nui en quoi que ce soit, allez viens on remonte.

*

Nicole avait préparé la salade et mis la table. Elle avait enfilé une petite robe de coton léger vert pâle. Elle n'était jamais aussi belle que le matin, au naturel. Richard alla à la cuisine et revint avec une bouteille de gin et une autre de Martini Bianco qu'il versa généreusement dans un verre rempli de glaçons. Il s'assit à la table de la terrasse. On pouvait difficilement se lasser de la vue sur la mer, tapie au pied des montagnes. Nicole prit un malin plaisir à obstruer le panorama de Richard en s'asseyant pile en face de lui. Il sentait intuitivement qu'elle l'observait à travers ses lunettes de soleil. Mais il essayait de penser à autre chose. Demeurait silencieux. S'efforçait de lui présenter son meilleur profil. Les garçons arrivèrent heureusement peu après.

Ah mais quel bonheur, s'écria Michel en désignant du bras l'incroyable paysage qui leur faisait face, Frantz à ses trousses, une bouteille de vin blanc à la main, son chien minuscule caracolant derrière eux.

Michel, dit juste Richard en se levant et ouvrant les bras pour l'embrasser avec un sourire qui tirait sur la grimace.

Nicole s'éclipsa pour aller voir si Myriam avait besoin d'aide. Frantz la suivit. Il portait des espadrilles rose pâle et un petit bermuda blanc. Ses cheveux commençaient à griser, mais sa barbe demeurait rousse. Un étrange contraste. Ils prirent place à table.

Édouard et Nathalie, accompagnés d'Annie, les rejoignirent à leur tour sur le coup de quatorze heures. La bande était presque au complet.

Vous avez mangé ? s'enquit Myriam.

Ils ressortirent des bouteilles du frigo et réalimentèrent la table en victuailles.

Les conversations roulaient d'un groupe à l'autre aussi naturellement que les vagues qui leur faisaient face. Édouard leur raconta les dernières vacances que Nathalie et lui s'étaient payées à l'île Maurice et leurs exploits golfiques absolument ridicules. Ils abordèrent un à un tous les sujets de prédilection des gens de leur âge : l'effondrement de la civilisation, la politique, les impôts et les abominables attaques dont leurs pensions de retraite faisaient l'objet depuis quelques années. Il n'y avait que deux sujets tabous : l'écologie, car c'était à leur génération qu'incombait la responsabilité du désastre annoncé, et le mot prostate parce qu'il portait malheur et que chacun préférait se débattre en solitaire avec les petits désagréments que cela lui causait. Il n'y avait qu'à compter le nombre de fois où ils se levaient pour aller aux toilettes en un seul après-midi.

Édouard, qui était très attaché à Jean – certains disaient que Jean l'avait généreusement aidé après un divorce dont il était ressorti exsangue –, demanda de ses nouvelles à Annie.

Oh, il est resté à la maison, répondit-elle, il est un peu désorienté depuis quelques jours, c'est étrange. Et en même temps il remarche. Même sans canne. Je ne sais pas ce qui se passe. Il y a aussi d'autres choses, mais rien de grave, ajouta-t-elle sans aller plus loin, en faisant un clin d'œil à Myriam, qui avait bien sûr déjà tout raconté à Nicole.

Bon s'il remarche c'est déjà ça, se borna à conclure Édouard.

Parce qu'il n'avait pas très envie de croiser les yeux de Nicole, Richard s'était mis à observer la manière dont Nathalie mangeait. Un spectacle fascinant. Elle choisissait très précautionneusement ses aliments en se servant dans les plats, ce qui n'était déjà pas très normal, et malgré cela triait à nouveau absolument tout dans son assiette. Richard hésita à l'interroger sur le sens de son action mais il y renonça. Il n'avait pas très envie qu'elle l'embarque pendant des heures sur le sujet de l'alimentation et de ses impacts sur la santé, les cancers en particulier. Elle ne travaillait plus depuis qu'elle avait rencontré Édouard, mais après de multiples lectures se positionnait désormais volontiers en experte de la nutrition. En dépit de sa rondeur naturelle que sa petite taille ne favorisait par ailleurs pas. Édouard avait perdu six kilos depuis qu'il vivait avec elle, ce dont il n'était pas peu fier, profitant de la chaleur pour déboutonner ses chemises blanches en lin à tout bout de champ. Ils l'avaient tous connu mangeur de frites et de saucisses; il se repaissait dorénavant de lentilles concombre. Mais enfin Nathalie affichait tout de même vingt années de moins que lui, ce qui justifiait probablement quelques sacrifices de sa part.

*

Je viens de voir passer Jean... au fond du jardin... nu... enfin je crois, s'écria soudain Frantz. Il allait vers chez Nicole, bredouilla-t-il d'un air éberlué en se redressant sur sa chaise pliante. Les filles étaient à l'intérieur.

Annie, beugla Richard en posant son livre à ses pieds et se rapprochant de la baie vitrée.

N'entendant manifestement pas ce qu'il leur disait, Myriam et Nicole lui tirèrent la langue pour l'une, agitèrent les mains autour de ses oreilles en lui envoyant une horrible grimace pour l'autre, avant d'éclater de rire.

Richard ne s'en offusqua pas et fit signe à Annie d'approcher. Tout de suite. Comprenant la gravité du moment, elles sortirent finalement toutes sur la terrasse.

Jean, complètement à poil, slalomait entre les chênes verts, en laissant traîner sa main contre les troncs. De loin, on se demandait même s'il ne chantait pas.

Vous voyez, les prit à témoin Annie en le désignant du doigt aux filles avant de se lancer à ses trousses.

Myriam prépara une grande serviette de bain dont elle l'enveloppa quand Annie et Jean les rejoignirent sur la terrasse. Le pauvre homme ne semblait pas se soucier outre mesure de sa nudité ou du spectacle qu'il venait de leur offrir.

Tu as remarqué, dit-il à Richard un grand sourire de satisfaction aux lèvres, je remarche à fond, je crois même que je cours.

On est tous très fiers de toi, répondit Richard avant qu'Annie ne le ramène chez eux.

Il perd la tête, glissa Michel à Richard entre deux pins en les regardant s'éloigner.

Ah bon, répondit ironiquement Richard, heureusement que tu me le dis, cela ne m'avait pas frappé.

Remarque, l'état mental du pauvre ami Jean n'est pas forcément une mauvaise nouvelle pour Nicole, murmura-t-il.

C'est-à-dire ? demanda Richard, curieux.

Michel se hissa sur la pointe des pieds et invita Richard à incliner sa tête pour qu'il lui glisse à l'oreille que Bob, sans doute à cause de sa grande fatigue des derniers temps, avait connu quelques déboires financiers sur ces derniers spectacles et devait un petit paquet d'argent à Jean, qui comme à l'accoutumée s'était gentiment proposé de l'aider à passer le cap.

Mince, souffla Richard.

Bon, tu te doutes comme moi que ses difficultés n'étaient que passagères et que Bob se serait refait dès sa prochaine pièce mais voilà, entre-temps...

Compliqué pour Nicole, commenta Richard.

Forcément, dit Michel d'un air gêné avant d'aller retrouver Frantz, resté sur la terrasse, d'un pas lent.

Chacun rentra chez soi après l'incident. Richard alla s'isoler dans la chambre pour essayer d'écrire, embrassant furtivement Myriam au passage. Il demeura presque une demi-heure immobile face à un écran en mode veille. À ceux, parmi les quelques lecteurs chez qui le mythe de l'écrivain demeurait encore relativement tenace, qui l'interrogeaient sur ses rituels, il répondait généralement que son métier consistait à se tenir huit heures par jour sur une chaise, face à un ordinateur portable posé sur une table. De préférence tôt le matin en ce qui le concernait. Sans nourrir d'attentes excessives ou particulières mais avec un niveau d'ambition et d'exigence envers soi-même démesuré. Présenté comme cela, on se disait qu'il fallait être fou pour y trouver du plaisir. Mais dans son cas, cela fonctionnait. En dépit d'une production inégale, s'il voulait bien être honnête deux minutes. Les ventes de livres déclinant, beaucoup d'auteurs étaient désormais tentés de publier à intervalles plus réguliers, ce qui impliquait d'écrire plus vite des livres plus courts. L'époque était dans tous les domaines moins propice aux projets d'envergure. Le temps et la capacité d'attention se rétractaient, la pensée aussi.

Tu vois bien, Richard, lui suggéra la voix de Bob dès qu'il se fut assis à son bureau, regarde Jean. Regardez-vous tous. Je meurs et tout part à vau-l'eau. Avant de laisser échapper un grand éclat de rire et de disparaître.

Gros mégalo, lui répondit Richard à voix basse, avant de finalement s'allonger sur le lit et d'essayer de trouver un peu de répit.

*

Richard n'en était pas sûr mais il lui semblait qu'il y avait moins d'oiseaux dans le ciel cette année. Non qu'ils lui manquent réellement, mais disons que c'était un nuage noir de plus. Il essuya une goutte de sueur sur son front. Michel et Frantz étaient revenus boire un café en fin d'après-midi. Richard, assis à table à côté de Michel, passa son bras autour de l'épaule de son ami. Puis enleva ses lunettes de soleil pour scruter son visage.

Ça va Michel ? Il lui trouvait le teint cireux.

Tu veux vérifier mon âge sur ma carte d'identité, essaya de plaisanter Michel, comment veux-tu que cela aille ?

Richard ricana en remettant ses lunettes de soleil sur le nez.

Non je ne sais pas, j'ai un coup de mou, finit par avouer Michel, pour ne rien te cacher Frantz me dit la même chose, va savoir...

Ils fixèrent un temps l'horizon sans plus se parler. Avec la mort de Bob, ils prenaient encore plus conscience de l'imminence de la fin de leur monde.

Ça fait bizarre hein ? fit Michel en se tournant vers Richard, tout en tripotant nerveusement une petite coupelle remplie d'olives piquantes.

Oui. Il va falloir qu'on s'habitue, répondit Richard. Il faudrait peut-être qu'on fasse une petite liste et qu'on coche le nom des présents désormais, qu'on prenne l'habitude de recompter en début d'été.

Tu es horrible.

Ah oui, tu ne crois pas que c'est le cycle de la vie même, qui est horrible ?

Je ne suis pas sûr, on en aura quand même bien profité entre-temps, non ? argua Michel un sourire gourmand accroché aux lèvres.

Jamais assez, répondit Richard en lui souriant et posant brièvement sa main sur celle de son ami.

Tu es allé le voir ? demanda soudain Michel, même s'il connaissait déjà la réponse à sa question.

Tu veux dire, à l'hosto ?

Oui.

Non. Richard fixait le sol. Je... je n'ai pas réussi, j'ai essayé... Le temps de me décider il était parti. Myriam y était.

Je sais.

Et toi ?

Ben oui j'ai été là. Bien sûr que j'ai été là. Je l'aimais terriblement, comme nous tous d'ailleurs, non ? Et puis je lui devais bien cela. Après tout ce qu'il avait fait pour moi, professionnellement je veux dire. C'était le minimum. Tu sais quand tu es journaliste à la rubrique culture et que tout le monde sait que Bob est ton ami intime, bizarrement toutes les portes s'ouvrent. Les comédiens et les comédiennes se confient à toi en exclusivité, tu te fais inviter par tous les propriétaires de théâtres. Je n'en ai même jamais discuté avec Bob, mais je ne suis pas naïf non plus, il ne m'était pas difficile de deviner les fois où il intervenait par-derrière pour me faciliter les choses. C'était quand même le boss dans le métier, non...

Frantz revint s'asseoir près d'eux, un verre d'eau à la main.

Tout le monde est passé à un moment ou à un autre dans sa chambre de l'hôpital américain, poursuivit Michel. Je suis resté dans les parages non-stop les trois derniers jours.

Merde, maugréa Richard en frappant légèrement la table de son poing serré. Tu y es allé aussi Frantz ?

Non, non moi je n'y suis pas allé, dit-il d'un air pincé, avant de se plonger dans la lecture d'un magazine de décoration.

Bob a toujours eu un problème avec Frantz, confia Michel à voix basse à Richard, tu avais remarqué, non ? Notre alliance tardive, tout ça, il n'a jamais voulu le voir autrement que comme mon dernier boyfriend en date. Alors que Frantz est juste le dernier oui, mais au sens de l'ultime, du dernier amour, celui que j'aurai attendu toute ma vie. Tu te souviens bien de comment il était avec lui, c'est à peine s'il lui adressait la parole.

Ils s'embrassèrent tendrement.

C'est vrai, dit Richard, mais bon... les choses se seraient sans doute normalisées avec le temps, ajouta-t-il pour défendre son ami, tu connaissais Bob comme moi, il pouvait être sacrément con parfois, quand il faisait son chef de clan.

Ils attendirent que Nicole, venue déposer un bac à glaçons sur la table, s'éloigne à nouveau pour reprendre leur discussion.

Et... et, murmura Richard en fixant une mouche qui tournoyait autour d'un bol en bambou rempli de houmous, il a parlé de moi, je veux dire il a… il m'a réclamé ou un truc du genre ? Myriam n'a rien voulu me dire.

Tu veux vraiment que je te réponde Richard ?

Non, dit finalement Richard en sentant une boule remonter le long sa gorge, puis embuer ses yeux.

Après pour moi c'était plus facile de gérer tout cela…

C'est-à-dire ?

J'ai vécu l'hécatombe du sida à la fin des années quatre-vingt, dit Michel en lançant un regard affectueux à Frantz. Tu sais à l'époque on enterrait un ami presque chaque semaine. Alors les hôpitaux, la fin de vie, la mort, tout ça, je connais, je ne connais que trop bien même…

Je vois, dit Richard avant que, sans se lever, ils se prennent l'un l'autre dans les bras, bientôt rejoints par Frantz.

Ça y est, tu as enfin fait ton coming out ? lança Myriam en débarquant, un petit plateau rempli de sablés faits maison à la main, suivie de Nicole. Myriam s'échinait à porter en vacances des pantalons bouffants en tissu ornés de motifs africains. Une sorte de manie totalement anachronique pour une femme blanche d'âge mûr, galeriste parisienne de son état. Qu'est-ce que Richard pouvait bien y faire. Il y avait d'autres combats à mener.

Oui ça y est, répondit Richard en desserrant instantanément son étreinte. Il ne me reste plus qu'à me trouver un type qui comme moi adore le foot, la littérature américaine, le gin et déteste le genre humain, et mon bonheur sera parfait, il va falloir que tu t'y fasses ma chérie.

Il était presque dix-huit heures. Ils se servirent des verres généreux de vin blanc.

Frantz et Michel formaient un couple remarquablement équilibré, si l'on voulait bien occulter la sensibilité exacerbée de Michel et les fréquents états d'âme de Frantz.

*

Le ciel était dégagé mais il y avait de l'orage au-dessus des montagnes. Dans la grisaille, les crêtes semblaient reliées aux nuages noirs par des traits de pluie comme griffonnés à la craie grasse. Il était impossible de prédire si les précipitations resteraient coincées sur les cimes ou bien si elles descendraient au niveau de la mer. L'humidité s'additionnait à la chaleur et rendait l'atmosphère suffocante. Il était à peine huit heures et des auréoles de transpiration parsemaient déjà çà et là le tee-shirt gris clair de Richard, sorti en caleçon sur la terrasse humer l'air du matin. Il dormait mal depuis leur arrivée. Se réveillait souvent pendant la nuit, même s'il n'osait plus s'aventurer dans le salon depuis qu'il y avait croisé Nicole; et se levait particulièrement tôt. Il avait commencé à taper quelques phrases, mais aucune qui puisse contenir en elle-même son futur roman. Quarante ans de confiance en soi accumulée, indépendamment du succès relatif de ses dernières œuvres, étaient sur le point de s'écrouler avec l'affront que venait de lui faire Paul. Il lui en voulait à mort. Richard doutait désormais totalement de lui-même, de ses capacités, de l'impérieuse nécessité de transmettre un message au monde, du fait qu'il y ait encore une seule personne à l'autre bout de la chaîne que cela intéresse et qui, quelque part, attende un signe de lui. Il détestait l'état d'instabilité dans lequel Paul venait de le plonger. Lui rappelant subitement l'espèce de pouvoir divin qu'il détenait sur ses auteurs. Seul le succès pouvait inverser le rapport de force, mais malheureusement, à l'heure actuelle, Richard ne pouvait visiblement pas se permettre de trop miser là-dessus.

Depuis quelques années, Myriam ramenait beaucoup plus d'argent à la maison avec sa galerie que Richard avec ses droits d'auteur. Il enrageait parfois de la voir gagner sur la cession d'un tableau plus que lui en deux ans de labeur. Il n'en nourrissait pourtant ni honte ni amertume. Myriam avait du nez. Même s'il aurait préféré prendre chaque jour une dose de cyanure plutôt que de le lui avouer, il se demandait s'il n'aurait pas dû tenir plus compte des avis qu'elle émettait, qui plus est avec beaucoup de précautions et de délicatesse, sur tel ou tel passage en cours d'écriture dont il lui faisait la lecture certaines fois. Si au lieu de lui faire la tête trois jours pour une simple moue il n'aurait pas aussi bien fait quand cela se présentait de retravailler son texte. Les écrivains sont généralement du genre à cracher au visage de ceux qui leur donnent des conseils. C'est à la fois leur force et leur plus grand péché d'orgueil. Mais Dieu sait qu'il en fallait pour durer dans ce métier.

Richard s'assit à la table de la terrasse pour parcourir les journaux du matin. Il se faisait livrer chaque jour *Le Monde* et *Libé*. Et évitait généralement les pages littérature.

Nicole sortit la première de sa chambre, qui donnait directement sur la terrasse, simplement vêtue d'un long tee-shirt à l'effigie de Charles Bukowski, ayant appartenu à Bob. En quelques jours, ses jambes particulièrement fines avaient déjà pris une couleur dorée. Myriam dormait encore. Nicole se dirigea sans un mot vers la cuisine et en ressortit avec une tasse de thé à la main.

Ça va, tu as bien dormi ? lui demanda poliment Richard quand elle vint s'asseoir à côté de lui.

Étonnamment bien, cela faisait longtemps, confessa-t-elle. Bon et d'ailleurs maintenant arrêtez tous de vous enquérir sans cesse de l'état de mon sommeil, je suis veuve, pas insomniaque.

Richard sourit.

Elle buvait son thé en serrant le mug de ses deux mains, comme pour se réchauffer. Sauf qu'il faisait déjà vingt-six degrés.

Je crois que je vais aller me baigner aujourd'hui, déclara-t-elle en contemplant la mer. Il fait vraiment trop chaud.

Richard ne répondit rien.

Elle posa alors sa tête sur son dos. Puis frotta son nez contre la nuque de Richard comme un chaton en quête de câlins. Il sentait son cœur brûler.

Merci Richard, lui susurra-t-elle à l'oreille.

De quoi, feignit-il de s'étonner.

Merci de m'accueillir chez vous. Je sais que ce n'est pas facile pour toi...

Que tu crois, rétorqua-t-il, c'est très facile, c'est très... naturel.

Il mentait mal.

OK alors disons que si c'est facile, tant mieux, sourit-elle.

Plus tard elle le suivit dans la cuisine quand il alla se faire un café. Il se faisait livrer des grains par un petit torréfacteur artisanal, des grands crus uniquement. Il ne supportait pas le mauvais café. À vrai dire, avec l'âge, la liste de ce qu'il tolérait de plus en plus difficilement s'était considérablement allongée. Ce qu'il déplorait sincèrement. Il s'était juré aux alentours de la quarantaine de ne jamais tomber dans ce piège, fort de l'observation qu'il faisait à ce moment-là de ses aînés, mais il avait fini par y succomber, comme tous les autres. Lamentablement.

Serre-moi dans tes bras, je t'en prie, l'implora-t-elle soudain, fort.

Tu es sûre, demanda-t-il fébrilement. Elle planta ses yeux dans les siens. Il ressentit une vive douleur lui traverser le corps mais s'exécuta en surveillant d'un coin de l'œil le salon, par-dessus son épaule. Ils ne faisaient en théorie rien de mal, mais elle le mettait dans une situation inconfortable. Il s'en voulait terriblement de l'effet que Nicole lui faisait. C'était totalement absurde. Et disproportionné. Débile. Depuis qu'elle était avec Bob, il s'arrangeait la plupart du temps pour la saluer d'un hochement de tête ou d'un léger signe de la main.

Elle ne desserrait pas son étreinte. Il eut toutes les peines du monde à appuyer sur le bouton de la machine pour faire son café.

*

Édouard avait lancé l'idée d'une partie de cartes en fin d'après-midi. Une passion avec laquelle ils avaient renoué il y a quelques années. Myriam et Nathalie étaient redoutables au jeu de tarot. Jean tenait généralement les comptes. Bob jouait n'importe comment mais gagnait régulièrement, ce qui rendait Richard fou de rage.

Michel, qui montrait des signes inquiétants de fatigue, déclina. Il alla faire une sieste dans un hamac accroché entre deux pins d'Alep. Frantz essaya de les rassurer d'un geste de la main quand ils se tournèrent vers lui d'un air inquiet.

Il est un peu fatigué, c'est tout, c'est passager, tenta-t-il de justifier sans quitter Michel des yeux.

Les parties s'enchaînaient mais le score de Richard ne décollait pas. Il demeurait bon dernier du classement et accusait même plusieurs centaines de points de retard sur Édouard, qui le précédait, sans parler de Nathalie qui comme d'habitude caracolait en tête. Peu à peu, Richard monta en pression. Il menaça d'exclure Nathalie si elle n'arrêtait pas immédiatement de taper des messages sur son téléphone, ce qui satisfit également Édouard, pour d'autres raisons. Il fit rejouer une partie en accusant a posteriori sa femme d'avoir commis une erreur dans le comptage des points. Il ponctuait chaque nouvelle déconvenue d'un « bien sûr » dont lui seul semblait connaître la signification.

C'est bon j'ai compris, finit-il par exploser après une énième défaite en jetant ses cartes en travers de la table avant de se lever. C'est un complot. Un véritable complot. Je vous observe depuis tout à l'heure, éructa-t-il, vos petits regards en coin, vos sourires chaque fois que je me fais couper un roi, ah ça vous fait bien marrer hein ? Vous vous êtes ligués contre moi c'est ça ? C'est ainsi que vous concevez ce jeu ? Peu importe qui gagne du moment que Richard perd, bel esprit. Je me casse. Vous me dégoûtez.

Devant ses amis médusés, il arracha quasiment son tee-shirt de rage et s'enfuit en courant vers la mer avant d'y plonger comme un ado de quinze ans pour étouffer sa rage.

Les filles rentrèrent lire des magazines, baie vitrée refermée, pour profiter de la fraîcheur de la clim. Nathalie était repartie. Un coup de fil. Elle se mêlait relativement peu à eux en général. Les hommes s'étaient éparpillés sur la terrasse, à moitié protégés par des parasols qui ne les empêchaient pas de fondre comme de vieux glaçons. Frantz semblait fasciné par sa lecture de *Veggie Magazine*, une passion. Il relevait régulièrement la tête pour surveiller du coin de l'œil Michel, toujours endormi au fond de son hamac, son petit ventre bombé dépassant légèrement de la lisière du tissu. Édouard, dont tout le monde savait qu'après des décennies de triomphes entrepreneuriaux il avait fini à genoux et au bord de la faillite, lisait avec assurance un livre de management d'entreprise. Il voulait sans doute rester dans le coup au cas où à soixante-douze ans, un startupper plus jeune que son fils fasse des pieds et des mains pour obtenir son numéro de portable et l'appelle pour lui demander des conseils. Richard, pour sa part, était revenu de sa baignade l'œil sombre et était maintenant plongé dans la lecture d'un essai écrit par un jeune Serbe sur la meilleure manière de faire tomber un dictateur quand on est seul, tout petit et sans armes. Qui sait s'il n'en tirerait pas quelques principes applicables à sa lutte contre Paul, son éditeur. Même s'il fallait généralement être deux pour déclencher une bataille.

*

Myriam et Nicole avaient décidé d'aller de bonne heure à l'eau ce matin-là, après leur séance de méditation.

On prend aussi le canoë, ajouta Nicole, particulièrement mignonne dans son bikini noir à motifs de fleurs blanches, en désignant l'embarcation deux places jaune vif échouée dans le jardin entre deux arbres. Elle avait attaché ses cheveux en arrière avec un élastique. Myriam avait enfilé un gilet de sauvetage et portait une casquette Patagonia pour se protéger du soleil.

Pensez à prendre quelque chose pour écoper alors, les prévint Richard, en référence à l'état général de son vieux canoë.

Nicole descendit la première dans le jardin. Myriam retourna quelques secondes à l'intérieur de la maison avant d'en ressortir, un petit bout de papier à la main.

Richard il faudrait que tu nous rendes un petit service. Nicole a un certain nombre de trucs qu'elle aimerait récupérer chez elle, tu crois que tu pourrais t'en occuper pendant qu'on est dans l'eau ? On t'a fait une petite liste.

Bien sûr, avec plaisir, répondit-il amèrement.

Ah merci mon chou, tu es adorable. À tout à l'heure, lança-t-elle en agitant une pagaie au-dessus d'elle et rejoignant sa copine.

Richard se leva et s'approcha de la rambarde de la terrasse, les mains sur les hanches, pour les suivre des yeux. Son dos le faisait un peu souffrir, mais toujours moins que son âme. Elles firent une pause à mi-chemin. Le canoë pesait son poids. Nicole en profita pour se retourner vers Richard et lui lancer un regard inquiet.

Franchement elles étaient lourdes. Richard alla chercher ses tongs dans la chambre en maugréant. Il décida d'appeler Édouard à la rescousse. Son ami déboula en à peine quelques minutes, surgissant tel un diable entre les branches d'un bougainvillier.

Ah tu me sauves la vie Richard, lui dit-il d'un air soulagé après avoir gravi les marches menant à la terrasse.

Tu veux un café ? lui proposa Richard en attendant la suite.

Oui je veux bien. Tu sais quoi, poursuivit-il en le suivant dans la maison, je crois que j'ai fait la connerie de ma vie en faisant installer l'antenne parabolique qui me permet de capter internet.

Pourquoi ?

Mais Nathalie bien sûr, Nathalie. Elle me coince tu vois. On se fait un petit câlin dans le lit, je te passe les détails, mais crois-moi elle sait y faire, hein, franchement avec mon ex-femme il n'y a pas photo, tu te souviens d'elle ?

Édouard vous avez vécu trente ans ensemble, bien sûr que je me souviens d'elle.

Oui bon, enfin voilà, crac crac hop, petit déjeuner et là, elle ramène sa tablette ; et vas-y que je te demande ton avis sur telle robe, et vas-y que je te fais choisir entre deux modèles de chaussures, tu sais combien ça a failli me coûter ce truc ?

Dis toujours.

Cinq cents balles. Cinq cents balles putain, mais elle

croit quoi Nathalie ? Tu le sais toi, que je suis mort, que je suis broke. Bon tu n'en parles à personne hein ? Mais bon je fais comment, j'ai quasiment tout perdu, brûlé quatre-vingt-dix pour cent de ce qui me restait pour gâter Nathalie, en même temps tu vois la femme que c'est hein, tu vois le morceau – j'ai pas perdu au change non ? – mais j'ai plus rien mon vieux, plus rien, à peine ma retraite. Ah je te jure je suis mal, se lamenta-t-il. Heureusement que tu m'as appelé à ce moment-là, j'ai prétendu que tu avais un gros problème, je suis descendu en courant avant qu'elle ait pu me demander ma carte bleue pour passer sa commande. J'espère que ça lui aura passé d'ici à ce qu'on remonte. T'as les clefs ?

Ouais, elles sont là, dit Richard en empoignant un gros trousseau. On y va ?

Go.

Par une trouée entre deux pins, ils aperçurent les filles au loin en train de pagayer de concert au fond de la baie.

Elles ont pris le canoë ? demanda Édouard.

Ouais, ricana Richard, avec un peu de chance on ne les reverra pas.

Salaud, s'exclama Édouard en riant.

*

La maison était poussiéreuse.

On dirait un putain de mausolée, se plaignit Richard en posant les clefs sur le comptoir du bar de la cuisine. Franchement elles font chier. Tu ne crois pas que Nicole pourrait au moins essayer de rentrer un peu chez elle, râla-t-il, sa petite liste à la main.

Ça ne doit pas être simple, plaida Édouard.

Bon, ustensiles ménagers, planche à fromages, merde on n'y voit rien, s'exclama Richard en plissant les yeux.

Tu veux que j'ouvre les volets ? proposa Édouard.

Surtout pas, coupa Richard.

Bon elle veut aussi qu'on lui ramène des fringues, ça doit être dans sa chambre, tu y vas ?

Ah non, répondit instantanément Édouard, la chambre à coucher c'est sacré, moi je n'y mets pas un pied.

Quelle malédiction, soupira Richard. Il se rendit finalement dans le dressing, qui devait bien faire à lui seul dans les vingt-cinq mètres carrés. La folie des grandeurs, ironisa Richard. Il ouvrit les portes du premier élément. Pas de chance, il s'agissait des vestes de Bob. Taillées sur mesure. Essentiellement en lin dans le premier placard, en laine dans le second. Richard s'attendait à tout moment à voir surgir la tête de son ami du fond de la penderie, après être resté tapi de longues minutes entre deux cintres, attendant que Richard ouvre les portes, pour le surprendre et le terroriser avant de partir d'un grand éclat de rire et déjà réfléchir à la manière dont il allait raconter sa blague aux autres. Mais rien de tel ne se passa. Richard enleva ses lunettes de vue pour mieux déchiffrer la liste de Nicole. Il déplia le petit papier. Franchement, elle exagérait.

Petites culottes
Robe de nuit en soie
Foulards Hermès
Pashminas
Pantalon blanc Agnès B.
Soutiens-gorge

Elle l'avait fait exprès, ce n'était pas possible autrement. Richard sursauta en se faisant surprendre par Édouard qui venait de débarquer dans son dos, deux petites sculptures en marbre à la main.

T'as vu ça ?

Et alors, lui répondit Richard, visiblement agacé.

Tu sais combien ça vaut ? lui demanda Édouard d'un air malicieux.

Non je ne sais pas je m'en fous, pourquoi, tu veux les voler ?

OK, dit Édouard en faisant demi-tour, moi j'ai tout ce que tu m'avais demandé, je te laisse, content de t'avoir rendu service, trop aimable, dit-il en s'éloignant.

Richard se saisit d'un sac de plage Louis Vuitton et y fourra dans la précipitation tous les vêtements que Nicole lui avait réclamés. Puis il pénétra sans raison précise dans la salle de bains attenante à la chambre. Il se regarda dans la glace de la petite armoire vitrée, avant de faire couler de l'eau froide, de s'asperger le visage et de le frotter avec ses mains. Le liquide qui s'échappa du robinet présentait la couleur jaunâtre des eaux de ville ayant stagné de longs mois dans les canalisations. Levant ses grands yeux vers l'image que lui renvoyait le miroir, il se trouva les traits fatigués. Il ne ressemblait en rien au type paisible que l'on était censé être, parvenu à cet âge. Il mouilla ses cheveux gris et les plaqua en arrière. Par acquit de conscience, il ouvrit les petites portes de l'armoire, bien qu'aucun produit figurant sur sa liste ne risquât de s'y trouver. Un flacon de parfum. Dior. Quelques fioles d'huiles essentielles.

Et une petite boîte transparente remplie de pilules bleues qui signifiaient sans le moindre doute que le grand, le très grand et très charismatique Robert Walker faisait quelquefois appel à des petits remontants extérieurs pour accomplir dignement son devoir conjugal. Après avoir émis un bref ricanement, Richard, poussé par un soudain accès de curiosité, actionna la poignée de la porte de leur chambre. Il ne se souvenait pas y avoir pénétré depuis des années. Elle avait conservé son aspect relativement spartiate. Des tables de chevet de chaque côté du lit, remplies chacune de piles de livres. Pas de placards. Richard se retourna et découvrit une bibliothèque basse, de petite dimension, contre le mur jouxtant le lit. Il s'approcha. Il y avait une vingtaine d'ouvrages que Richard identifia instantanément. Il s'agissait de l'intégralité des livres qu'il avait publiés. Exclusivement les siens. Pris d'un doute, il se saisit de l'un d'entre eux. Puis d'un deuxième. Chaque exemplaire était porteur d'une dédicace manuscrite pour son ami Robert Walker. Il sacrifiait à ce rituel à chaque nouveau roman. Sinon Bob la lui réclamait. Richard pensait qu'il s'en fichait, voire qu'il le lui demandait par moquerie, prétendant donner de l'importance à ce geste alors qu'il n'en était rien. Il les lut toutes, une à une. Elles étaient plus ou moins réussies. Presque toutes parlaient d'amitié. Des liens qui les unissaient. Richard referma le dernier livre, le repositionna dans la bibliothèque, ferma la porte de la chambre, ramassa le sac de vêtements de Nicole dans le dressing et ressortit. Il s'immobilisa quelques instants sur le perron. Ferma les yeux. Prit plusieurs bouffées d'air iodé à grands coups d'inspirations et d'expirations. Techniquement il était vivant. Ils étaient tous vivants. Mais plus personne ne l'était de la même manière. Ni Nicole bien sûr, ni Myriam, ni Michel et lui encore moins. Bob était mort et personne ne pouvait dire ce qui allait advenir d'eux désormais.

Les filles étaient en train de se frotter le corps sur la terrasse avec de larges serviettes de bain multicolores. Ça va, ça a été ? lui demanda Nicole en se séchant énergiquement les cheveux avec la serviette, tu as tout trouvé ?

Richard lâcha le sac à ses pieds et sans un mot fila vers sa chambre.

Il n'en revenait pas. Richard se sentait profondément meurtri. Et trahi. Il ne faudrait pas que Myriam s'étonne de quoi que ce soit venant de lui après ce qu'elle lui faisait là. Personne ne viendrait jamais plaindre une femme qui jouait volontairement avec des allumettes les pieds dans une flaque d'essence.

Et non seulement elle ne l'avait pas consulté, non seulement elle n'avait même pas pris soin de le prendre à part pour lui annoncer, mais en plus elles avaient décrété que ce serait lui, Richard, qui se taperait toutes les visites. Sous prétexte que cela serait bien trop pénible pour Nicole, et que Myriam devrait rester auprès d'elle pour la soutenir dans cette épreuve. Franchement on croyait rêver.

Enfin Richard n'exagère pas quand même, on ne te demande pas la lune. Sérieusement, c'est quand même le minimum que tu puisses faire. Et puis c'est l'occasion pour toi de te sociabiliser un peu, hein, avoue que cela ne te fera pas de mal non, de sortir de ta grotte ? lui lança Myriam en poussant Nicole du coude avant qu'elles ne partent toutes deux dans un fou rire qui n'amusa pas du tout Richard.

Il ne répondit pas. Il porta dix fois à sa bouche la pique qui lui avait servi un peu plus tôt à évacuer sa colère en vidant un pot entier d'olives vertes cassées mais il ne dit rien. Il ne valait mieux pas.

Il estima a posteriori qu'il aurait dû voir venir le coup. Que si les deux filles passaient des heures sur la table du salon derrière un ordinateur depuis quelques jours, c'était bien que quelque chose se tramait. La situation résumait l'histoire de sa vie en matière de psychologie féminine. Richard négligeait les signaux faibles pendant des semaines, refusait de voir ce qui s'étalait en énorme sous ses yeux, misait sur le fait que cela n'était probablement rien, que les choses allaient, comme toujours, finir par rentrer dans l'ordre; puis tombait des nues quand on lui portait un coup fatal. Dans le dos, de surcroît. Elles étaient parties une journée entière la veille, en ville. À deux heures de route. Officiellement pour aller faire du shopping. Se changer les idées. Ou plutôt écumer les agences immobilières, comme il l'apprendrait le lendemain. Quand elles lui annoncèrent avoir mis la maison de Bob et Nicole en vente. Quand il n'eut même pas besoin de demander où allait s'installer durablement Nicole. Quand il dut s'efforcer de masquer un début d'érection à travers son bermuda après que Nicole se fut précipitée dans ses bras sous les yeux de Myriam en le remerciant dix fois, les larmes aux yeux, d'accepter de l'accueillir, et resta blottie contre lui un temps qui lui parut infiniment long. Sans qu'il ait eu le temps de dire quoi que ce soit. Qu'il ait l'opportunité de faire valoir le moindre argument rationnel. Puis Nicole s'était enfin détachée de lui, Myriam s'était portée à sa hauteur et l'avait embrassé tendrement en disant qu'elle était fière de sa réaction. Argument bateau de femmes pour hommes crédules. Mais qui fonctionnait invariablement. Sauf avec Richard. Même s'il ne pipa mot sur le moment.

Richard détestait ce type de contrainte. Ils avaient programmé cinq visites, rien que pour aujourd'hui. Les filles lui avaient même demandé d'enfiler un pantalon en lin et une chemise bleu pâle. Richard leur avait répondu qu'il avait passé l'âge de se rendre à des communions. Mais s'était exécuté. Ne s'était pas épanché sur ce qu'il pensait de tout cela.

Mon Dieu que tu es beau, s'exclama Michel en surgissant sur la terrasse et découvrant l'accoutrement de Richard. Tu m'offres à boire joli cœur ? plaisanta-t-il.

Un triple whiskey ça t'irait, répliqua Richard.

Fais-moi plutôt un spritz gros malin, dit Michel en s'asseyant dans un coin ombragé de la terrasse.

Richard alla leur chercher à boire.

Alors c'est toi qui fais les visites ?

Je vois que les nouvelles vont vite, dit Richard.

Les filles ne sont pas là ?

Elles sont parties se baigner. Je ne sais pas. Je m'en fous.

Oh attends Richard, combien d'hommes ne rêveraient pas d'avoir deux somptueuses femmes comme Nicole et Myriam à la maison.

Moi, dit simplement Richard.

À ta nouvelle carrière d'agent immobilier, dit Michel en levant son verre pour porter un toast.

Je t'emmerde Michel, sourit Richard.

Ils s'en resservirent un deuxième. Richard commençait

à se dire que mener les visites dans un état très alcoolisé pouvait représenter une sorte de solution. Michel avait meilleure mine aujourd'hui.

Frantz n'est pas là ? demanda-t-il soudain.

Non il est parti faire toiletter le chien, avec cette chaleur...

Mais tu... heu... tu ne voudrais pas faire les visites avec moi Michel, proposa subitement Richard, ça pourrait t'amuser, non ?

Jamais de la vie, répondit Michel en s'esclaffant, non moi je fais peur, j'inquiète. Ce qu'il leur faut c'est un beau ténébreux comme toi, ça c'est vendeur.

Arrête de te foutre de ma gueule.

Pas du tout Richard, je le pense. Bon mais toi, comment tu te sens ? demanda-t-il, soudainement très sérieux.

Qu'est-ce que tu veux que je te dise, il fait une chaleur à crever, mon éditeur me fait chier, j'ai du mal à écrire, je suis vieux, je suis vieux, répéta Richard en insistant sur le mot vieux. Et puis l'idée d'avoir Nicole en permanence sous les yeux... tu comprends Michel ? Tu comprends bien à quel point cela peut être difficile, plaida Richard.

Oui c'est sûr que c'est un peu bizarre, acquiesça Michel. Très généreux de la part de Myriam mais un peu... risqué quand même. Mais enfin tu la connais Richard, tu sais que ta femme est comme ça, jamais elle ne laisserait une amie dans la panade sans lui porter secours.

Justement, dit Richard, elle a le cœur sur la main, mais elle ne se rend pas toujours compte de ce que cela implique.

C'est ça, dit Michel en portant ses yeux vers le rivage. Tiens, les voilà qui reviennent.

Richard s'enfuit dans sa chambre avant qu'elles ne remontent. Il ne tenait pas particulièrement à subir leur enthousiasme quant à la générosité forcée dont il faisait preuve à l'égard de Nicole. Il se mit à sa table de travail, face à son ordinateur. Immanquablement, Myriam passa la tête par la porte entrebâillée. Avant qu'elle ne lui dise quoi que ce soit Richard agita la main dans sa direction, de dos, pour lui signifier qu'il ne fallait pas le déranger. Éconduite sans égards, Myriam lui dit juste quatorze heures, d'un ton sec. La première visite est à quatorze heures. Tâche d'être à la hauteur. Elle détestait quand il refusait tout dialogue avec elle. Richard appartenait à la race assez répandue d'hommes qui préféraient le silence aux conversations conjugales. Un peu plus tard, il entendit à travers la cloison de sa chambre les rires de ses amis sur la terrasse. Y compris celui de Nicole. Qui semblait reprendre du poil de la bête. Richard avait remarqué que les femmes étaient généralement beaucoup plus présentes et attentives à leur couple que les hommes de leur vivant, mais montraient également une capacité très supérieure à se remettre du décès de leur compagnon. Cela avait sans doute trait à une combinaison de courage et de pragmatisme, deux qualités incontestablement féminines, à quelques exceptions près. Les veufs avaient pour leur part plus tendance à ressembler à des canards à qui l'on vient de couper la tête dans une cour de ferme, dans les premiers temps. Avant de se recroqueviller sur eux-mêmes. Ou de plonger sur la première femme disponible venue. Prendre ce qui vient pour ne pas rester seul. Richard se demanda comment il réagirait si Myriam décédait avant lui. On était obligé de penser à ces choses à près de soixante-dix ans. Il se tirerait probablement une balle dans la tête.

*

Bonjour.

Richard tendit la main sans prononcer un mot à la jeune agente immobilière un peu rondelette qui lui faisait face et projetait sur lui un sourire parfaitement travaillé. Ses cheveux étaient rouges. Rouges. Il se sentait ridicule dans sa tenue de vieil armateur. Il n'aurait plus manqué qu'on lui demande de porter un petit béret de marin avec un pompon coloré. Un couple se tenait à l'arrière. Ils avaient garé leur vieille Mercedes au bout du chemin. La femme, assez âgée, portait une tonne et demie de maquillage qui, sous l'effet de la chaleur, commençait à couler le long de ses joues dès lors qu'elle se soustrayait à la fraîcheur du système de climatisation du véhicule. Son visage ressemblait aux feuilles à dessin fraîchement décorées à la peinture à l'eau que les enfants agitent fièrement au nez de leurs parents sans attendre qu'elles aient séché.

C'est par là, dit sobrement Richard en leur tournant le dos et actionnant la porte d'entrée.

Il se posta contre le comptoir de la cuisine ouverte et laissa la jeune femme faire la visite. Elle revenait parfois en arrière pour poser une question plus ou moins technique à Richard, type moyen de chauffage, montant de la facture d'eau, état de la toiture, à laquelle il répondait invariablement d'un ton las qu'il ne savait pas.

Mais vous vivez bien ici quand même, lui demanda

d'un air pincé la femme de l'éventuel acquéreur à l'issue de la visite.

Non, je vis à côté, répondit Richard, je rends juste service.

Le mari, visiblement fort déçu qu'on ne déroule pas le tapis rouge, décida d'abréger la visite, remit sur son nez ses lunettes de soleil à verres fumés, reprit sa femme sous le bras, et, après avoir échangé quelques mots avec l'agente immobilière, repartit dans sa vieille Merco.

La fille ouvrit la bouche pour en toucher un mot à Richard, occupé à se servir un verre en piochant allègrement dans une des très bonnes bouteilles de whiskey de la collection personnelle de Robert Walker, mais elle y renonça. Il y avait encore quatre visites à suivre.

Les suivants arrivèrent une dizaine de minutes plus tard. Faisant le pied de grue sur le perron, les mains dans les poches, Richard découvrit, cachées maladroitement derrière un arbre à seulement soixante mètres de l'endroit où il se trouvait, Myriam et Nicole, qui observaient la scène. Comprenant qu'il venait de les démasquer, elles lui firent un petit signe complice qu'il prit soin d'ignorer.

La visite se passa aussi mal que la précédente. La tête des futurs acquéreurs ne lui revenait pas. Lorsqu'ils exprimèrent leur intérêt pour le bien, Richard se montra diaboliquement loquace et ne manqua pas d'insister sur la vétusté de la maison, s'amusant à raconter que l'état précaire des finances de l'ancien propriétaire ne lui permettait plus depuis des années d'entretenir sa propriété comme il l'aurait dû, et que l'apparente perfection de l'état général du lieu relevait en réalité d'une vaste entreprise de cache-misère à laquelle ils s'étaient livrés avant la mise en vente. Aux regards interloqués qu'échangea le couple, Richard comprit instantanément que l'agence avait allègrement intégré dans son argumentaire de vente que la maison appartenait au célèbre metteur en scène de théâtre Robert Walker. Le petit jeu de Richard n'en avait que plus de sel.

À la quatrième visite, Richard était totalement saoul. Il s'était enfilé plus de la moitié d'une bouteille de whiskey single malt appartenant à Bob. Après chaque départ de visiteurs, Myriam et Nicole, planquées derrière leur tronc d'arbre, l'interrogeaient en lui faisant un signe de pouce levé ou baissé. Au début, Richard s'amusait à y répondre en écartant les bras d'un air circonspect, plongeant les deux filles dans l'incertitude la plus noire. Maintenant qu'il était dans un état d'ébriété avancé, il leur envoyait vaguement un pouce baissé, suscitant une profonde déception que leurs deux visages affichaient sans détour. La jeune agente immobilière ne prenait même plus la peine de le présenter à ses clients. Elle les faisait entrer directement et accomplissait son devoir sans prêter attention à Richard, maintenu debout grâce au comptoir en chêne massif du bar. Il ne restait plus qu'une seule visite. Richard, assis sur les marches de la terrasse, reconnut immédiatement le bruit du moteur. Une Aston Martin. En descendit un couple d'une quarantaine d'années. Probablement moins en ce qui concernait la fille. Le type portait un polo orné d'un énorme logo Ralph Lauren, et des lunettes de soleil. Il était plutôt mince et paraissait très pressé. La jeune femme à son bras était d'une beauté époustouflante. Richard songea immédiatement aux jeunes premières, blondes, des années cinquante. En plus fine. Elle se tenait légèrement en retrait. Richard essaya de se relever pour les accueillir mais bascula aussitôt lourdement sur le sol. Il serait resté ainsi de longues heures face contre terre sans que l'agente immobilière, visiblement rancunière, n'esquisse le moindre geste pour lui porter secours, si la jeune femme venue visiter la demeure de Bob et Nicole ne s'était pas aussitôt précipitée à son secours pour l'aider à se remettre sur ses pieds.

Le type passa devant Richard sans s'arrêter et, sans attendre l'autorisation, entra dans la maison d'un air déterminé. Richard se retrouva tenu debout en équilibre par la jeune femme qui lui maintenait fermement les épaules.

Ça va, je suis désolé, s'excusa Richard. La chaleur, prétendit-il ensuite, rejetant dans l'air une bouffée d'alcool qui ne laissait pour autant que peu de doutes sur la cause réelle de sa chute.

Ce n'est rien monsieur, ça arrive, susurra la jeune femme. Je m'appelle Emmanuelle, ravie, dit-elle en faisant un pas en arrière, dévoilant un magnifique sourire et présentant une main d'une grande blancheur à Richard.

Richard, je suis un imbécile, dit-il à son tour dans un acte de contrition particulièrement rare chez lui.

Permettez ? lui demanda-t-elle en désignant la maison, pour lui demander l'autorisation de s'avancer à l'intérieur.

Je vous en prie, bredouilla Richard.

C'est bon on la prend.

Avant même que son épouse ne mette un pied à l'intérieur, le gars était sorti à la suite de l'agente immobilière et s'adressait à sa jeune femme d'une voix ferme.

Mais je peux quand même... se défendit-elle.

Non, c'est bon, on la prend, répéta-t-il fermement.

Elle baissa la tête, réajusta son sac Vuitton sur l'épaule, et attendit que son mari finisse de parler à voix basse à la négociatrice. Qui appela dans la foulée Nicole.

Nicole et sa comparse sortirent alors de leur cachette. Myriam se porta immédiatement auprès de Richard pour s'enquérir de son état avant de s'apercevoir qu'il empestait l'alcool et de lui glisser qu'il la dégoûtait franchement.

Nicole se présenta au couple. Le gars s'appelait Luka. Richard s'éloigna. Il descendit les quelques marches de la terrasse et s'assit sur un petit muret, en contrebas, les mains maintenant sa tête qu'il ne parvenait plus à tenir droite. Il contempla assez longuement un petit bataillon de fourmis qui déployait une énergie folle pour déplacer de quelques centimètres à peine une assez grosse miette de pain. Richard en eut les larmes aux yeux. Il entendait les autres faire connaissance, au-dessus de lui. Quand ils redescendirent, Richard ne se releva pas. Au passage, Emmanuelle posa une fraction de seconde sa main sur lui. Le groupe discuta encore quelques minutes devant l'Aston Martin du gars avant que le futur acquéreur ne mette les gaz dans un nuage de poussière, et que la fille de l'agence le suive, dans son Duster blanc. Myriam et Nicole leur firent signe de la main, amicalement, puis revinrent à la hauteur de Richard.

L'agente immobilière nous a parlé, lui asséna Myriam avec véhémence. De la manière dont tu t'es comporté. Des efforts que tu as déployés pour dissuader les gens d'acheter, faire échouer la transaction. C'est minable. Minable Richard. Avant de tourner les talons.

*

Non mais tu te rends compte que le mec ne fait même pas de prêt ?

Visiblement, l'étendue du patrimoine du fameux Luka fascinait Édouard à un point inimaginable. Il avait fait des recherches sur internet. Les informations sur le type étaient particulièrement verrouillées. Il en ressortait néanmoins qu'il était âgé de quarante et un an et avait fondé une entreprise de cryptage de données en Afrique du Sud qui était depuis devenue numéro un mondiale du secteur. Une activité totalement inintéressante selon Richard. On ne peut plus stratégique, d'après Édouard qui, se prenant sans doute pour un ex-chef d'entreprise reconverti en conférencier sur les nouvelles technologies que le monde s'arrachait, tenta d'expliquer à Richard que la protection des données constituait l'un des plus grands enjeux sociétaux de demain. Richard buvait une mauresque en l'écoutant d'une oreille. Il y avait au moins une bonne nouvelle, l'arrivée d'Emmanuelle, dont la fraîcheur ne ferait pas de mal à cette résidence médicalisée pour vieux à laquelle leur petit conglomérat de maisons lui faisait parfois penser. Il était à peine onze heures. Le thermomètre affichait trente-trois degrés. Les filles étaient en train d'aménager la chambre de Nicole pour qu'elle s'y sente plus chez elle, ce qui de facto allait devenir le cas. Nicole avait négocié de vendre l'intégralité du mobilier à son jeune acheteur. Qui n'avait même pas cherché à négocier le prix. Tout y était passé. Linge de maison, vaisselle, tables, chaises.

Myriam, aidée par Frantz et Michel, avait emballé toutes les affaires personnelles de Bob et Nicole – vêtements, photos – et les avait fait envoyer dans leur autre résidence secondaire dans le Perche. Richard, l'apprenant, n'avait pu s'empêcher de rire tout seul, se souvenant qu'il remplaçait systématiquement le P de Perche par un D quand il parlait à Bob de l'espèce de château dont son ami était particulièrement fier. Richard avait guetté les cartons au passage, avant leur enlèvement, sans parvenir à savoir ce qu'il était advenu de sa collection de romans, découverte fortuitement dans la chambre de Bob et Nicole.

Une semaine plus tard, la somme de deux millions trois cent mille euros atterrit sur le compte en banque de Nicole. Un chiffre aussi faramineux qu'absurde. Myriam prit très mal la réflexion de Richard, qui, découvrant le montant de la vente, demanda à sa femme à combien elle pensait qu'ils pourraient fixer le loyer mensuel de Nicole si elle devait demeurer encore longtemps chez eux.

Édouard commençait à claironner qu'il se verrait bien remonter une entreprise, à soixante-douze ans, et fourmillait d'idées de projets à soumettre à leur riche voisin s'il souhaitait investir avec sagesse une partie de sa fortune dans des start-up.

Édouard tu t'es vu, ironisa Richard face à son ami, poils blancs dressés sur son torse nu, dans un short de bain rose fuchsia, des Crocs en plastique aux pieds.

C'est-à-dire ? demanda Édouard d'un air suspicieux en s'asseyant à côté de lui, face à la mer.

Quand même, tu n'y penses pas, regarde-nous, mon

pauvre, dit Richard en se tournant vers son ami. Regarde nos gueules, je ne suis même pas sûr qu'on nous confierait la direction d'un club de bridge dans une maison de retraite. Tu ne les connais pas les mecs qui montent ces boîtes aujourd'hui ? Des hors-la-loi morts de faim. Bourrés de cocaïne à longueur de journée, survoltés, infantilisants, non mais tu te vois dans un incubateur de start-up à ton âge, au milieu de ces trentenaires, pour les plus âgés ? Tu ferais quoi, de la livraison de dentiers à domicile vingt-quatre heures sur vingt-quatre par coursiers à vélo ?

Tu n'y connais rien Richard, tu n'as jamais été foutu de te retrouver à la tête d'une entreprise…

Putain qu'on m'en préserve, ricana Richard.

Je suis même surpris que tu connaisses le terme d'incubateur de start-up, se moqua gentiment Édouard, pour faire retomber la température.

Pour les besoins d'un livre, bougonna Richard.

Je me disais bien, sourit Édouard, bon, on trinque à nos futurs nouveaux voisins ?

*

Les apéros devenaient invivables. Chaque discussion tournait systématiquement autour de l'arrivée, prévue d'un jour à l'autre, des jeunes acquéreurs. Richard, méfiant à l'égard du couple, avait peu de soutiens. Si ce n'était peut-être Michel, qui avait confié ne pas trop sentir le type. Ah, s'était écrié Richard avec satisfaction en le prenant à témoin. En pure perte.

Myriam avait ramené un certain nombre d'affaires

de Nicole chez eux, ce qui inspira à Richard des sentiments paradoxaux. Il lui était impossible désormais de se sentir réellement chez lui. Myriam avait même poussé le vice, par sollicitude disait-elle, jusqu'à poser un portrait de Nicole et Bob, en vacances en Thaïlande, sur la commode du salon. Richard retournait le cadre dès qu'il passait devant. Nicole tentait vainement de se faire discrète. Encore aujourd'hui, rares étaient les hommes en mesure de la lâcher du regard dès lors qu'elle se trouvait dans une pièce. Elle dégageait depuis toujours quelque chose de magnétique. Elle en jouait, consciemment ou pas, captait la lumière comme peu d'autres. S'assurait à intervalles réguliers que des yeux soient posés sur elle, comme le font toutes les actrices dans la vraie vie. Bien qu'elle s'en soit toujours défendue. Ce n'était pas tant sa présence qui gênait Richard, même s'il ne fallait pas minimiser les choses, écarter le risque, mais le fantôme qui lui tenait en permanence la main. Même mort, Bob demeurait omniprésent. Et ne cessait d'interpeller Richard. Parfois de lui répondre. C'était infernal. Mais Nicole amenait aussi un peu de paix dans leur foyer. Sa complicité avec Myriam était telle que Richard devait faire des efforts pour se tenir un minimum et râler moins fort que d'habitude. Le stratagème mis en place par sa femme ne lui avait pas échappé.

Il tenta d'appeler plusieurs fois Paul, son éditeur, qui ne daigna même pas lui répondre. Il arrivait parfois à Richard de fermer les yeux et de s'imaginer entrer dans son bureau une batte de base-ball à la main. Autant dire que la plaie était encore loin d'être en voie de cicatrisation. Hormis ces accès de haine aussi puérils que ridicules, Richard ne parvenait pas à lui en vouloir totalement. Paul l'avait soutenu pendant trente ans, défendu bec et ongles, s'était démené pour le faire inviter sur des plateaux de télévision, entouré de jeunes auteures parfois extrêmement talentueuses, plus libres que lui peut-être, sans que Richard ne sache pourquoi. Même si elles le toisaient avec mépris du haut de leurs succès grand public, que Richard méprisait autant qu'il jalousait leurs scores de ventes. Quoi qu'il en dise. Richard enrageait de se faire désormais inviter au forceps, grâce au seul mérite de l'activisme forcené de Paul, mais se réjouissait d'un autre côté de demeurer étranger à cette forme d'entrisme qui collait globalement assez mal avec son caractère indépendant et entier. Quand il se plaignait de la relative indifférence dans laquelle sortaient désormais ses publications, Paul lui rappelait l'époque où il refusait toutes les invitations. Richard l'inflexible qui se croyait plus fort que tout le monde. Qui crachait au visage de ceux qui l'admiraient et quémandaient sa présence. Ignorant superbement les conseils avisés de Paul, qui en avait vu d'autres, et connaissait déjà la fin de l'histoire.

*

Michel, Nicole, Myriam et Frantz jouaient paisiblement aux cartes, abrités par le parasol de la table de la terrasse, sur le coup des seize heures, quand ils virent Annie se rapprocher d'eux en courant et agitant les bras. Sans entendre distinctement ce qu'elle criait.

Jean a encore disparu.

C'est-à-dire ? demanda calmement Myriam.

Il part, je tourne le dos cinq minutes et il part. N'importe où. Dans n'importe quelle direction. Franchement je n'en peux plus. Quand je pense que je me plaignais de lui quand il était en fauteuil.

Bon allez, on se disperse. On va te le retrouver ton Jean, dit Michel en se levant de sa chaise. Il est habillé comment ?

Annie porta la main à sa bouche et se mit à rougir fortement.

Il est encore à poil, en conclut Richard.

Bon, on va se séparer, dit Myriam, il est parti dans quelle direction ?

Je crois que je l'ai, je crois que je l'ai, entendirent-ils Nicole crier depuis le fond du jardin de Michel et Frantz, une dizaine de minutes plus tard. Ils se regroupèrent au pied d'un arbre, tous plus transpirants les uns que les autres. En nage littéralement. Frantz, Édouard et même Nathalie s'étaient joints aux recherches entre-temps. Ils étaient là, tous les huit, en arc de cercle autour du large tronc d'un chêne centenaire. Les visages tournés vers le haut. Vers une branche située à trois mètres du sol sur laquelle reposait en équilibre Jean, entièrement nu, les bras enserrant le tronc.

Jean tu descends, ordonna Annie.

Je ne sais même pas où je suis, se défendit le vieil homme avant de fondre en larmes.

Descends on est là Jean, on va prendre soin de toi, dit Michel.

Les hommes tendirent les bras au ciel. Jean se laissa glisser. Il s'écorcha un peu au passage mais bon. Richard enleva son tee-shirt et le passa autour du cou de Jean.

Chacun dîna chez soi le soir. Enfin sauf Nicole, pensa Richard. Sauf Nicole qui vivait chez eux maintenant.

*

Ils avaient visiblement décidé de s'installer pour l'été. C'est ce qu'ils leur dirent en arrivant. Lui aurait certainement des allers-retours à faire. Mais il pouvait travailler à distance. Une équipe, des Russes selon Richard, était venue installer tout un système tarabiscoté garantissant à Luka une connexion internet parfaite. Richard trouvait cela particulièrement louche. Mais se fit reprendre par les autres. Tout nouveaux tout beaux, ricana-t-il.

Fatalement, Nicole fondit en larmes quand une armée de camionnettes vint évacuer un à un tous les meubles que Luka avait accepté d'acheter avec la maison. Mais dont il se débarrassait aussitôt avec brutalité. L'accès à leurs maisons se faisait par un petit chemin de terre très peu praticable qui longeait la mer. Un camion blanc, plus gros, amena le jour même de nouveaux meubles. Richard renonça à tirer avantage de la situation pour exprimer à Myriam et Nicole ce qu'il pensait de cette manœuvre et de ce que cela laissait augurer pour la suite. Au moins une quinzaine de gars travaillaient à leur service. Le soir même, l'affaire était pliée. Les Bulgares, Russes ou autres rastaquouères évaporés. Comme souvent, ils dînèrent tous ensemble chez Myriam et Richard. À condition qu'on ne parle pas des nouveaux venus, avait menacé Richard, sinon chacun repart chez lui. Avant d'ajouter ironiquement qu'il lui semblait, même si cela pouvait paraître étonnant aux yeux de certains aujourd'hui, qu'ils avaient bizarrement tous réussi à vivre ici depuis trente ans sans la présence d'Emmanuelle et de son mari, et qu'ils devraient parvenir à continuer à le faire encore si chacun y mettait un peu du sien, non ? Ils avaient baissé le nez vers leur assiette. Ne s'étaient pas permis de l'accuser une nouvelle fois de casser l'ambiance. À peine avaient-ils disposé sur la table le plateau de fromages que Nathalie, décrétant qu'elle était fatiguée, se leva pour rentrer se coucher. Édouard fit quelques pas vers elle et tenta de la retenir par le coude, mais échoua à la convaincre de passer au moins une soirée complète avec ses amis. En tendant l'oreille, Richard entendit Nathalie murmurer avec véhémence à son compagnon « ils me font chier, tous, je ne comprends pas ce que tu leur trouves ». Édouard revint s'asseoir à table avec la mine du chien dont la balle avec laquelle il jouait passionnément depuis des heures vient de tomber au milieu d'un étang. Jean ne parlait presque pas. Son regard exprimait le désarroi le plus total, aussi profond que celui d'un homme de cette génération devant une centrale vapeur en position off. Annie posait régulièrement sa main sur la sienne, entre leurs assiettes, pour l'apaiser. Quand il interrompit une discussion animée en demandant soudain à la cantonade mais où était bien passé Bob, Annie dit qu'ils feraient mieux d'aller se coucher maintenant. Frantz et Michel les imitèrent peu après. Édouard proposa à Richard et aux deux filles de leur servir un dernier verre de limoncello. Puis trois. Ils étaient ronds comme des queues de pelle. Myriam alla chercher son enceinte Bluetooth et elles se mirent à danser sur de vieux tubes d'Otis Redding. Richard regretta de ne pas avoir emmené de cigares. Il faisait encore au moins vingt-sept degrés. Elles dansaient en fermant les yeux, le visage offert à la lune, les bras écartés. Reprenaient parfois un refrain en chœur. Richard ressentit l'absence de Bob comme une agression violente perpétrée contre son cœur. Comme si l'on enfonçait une flèche imprégnée de curare dans son abdomen. Bob ne pouvait pas ne pas en être. Il aurait adoré ce moment.

*

Richard se leva péniblement à presque dix heures du matin le lendemain. Il prit un Doliprane 1000 avec un grand verre d'eau glacée dans la cuisine et sortit sur la terrasse. Jetant un coup d'œil sur sa droite, il constata que la voiture n'était pas là. Myriam et Nicole avaient dû partir faire des courses. La bouteille de limoncello et les quatre verres étaient toujours sur la table. On pouvait se prétendre encore relativement en forme, mais ce type de bulletin de santé ne résistait pas à une soirée arrosée conclue à une heure tardive. Richard savait qu'il lui faudrait au bas mot soixante-douze heures pour se remettre à peu près des excès de la veille.

L'esprit sévèrement embrumé, il ne la remarqua pas tout de suite. Il venait de se lancer, et d'enfoncer sa tête de quelques centimètres sous la ligne de flottaison quand elle lui apparut soudain. De dos. À vingt mètres à peine. Ses cheveux châtain clair, ou blonds, il n'était pas sûr, étaient attachés. Les vaguelettes, caractéristiques de ce côté-ci de la baie, effleuraient à peine son bas de maillot de bain. Sentant peut-être sa présence, elle se retourna vers lui. Richard plongea instantanément et se mit à nager sous l'eau, droit devant lui, aussi longtemps que son souffle le porta. Puis la chercha discrètement du regard, tout en effectuant des mouvements de brasse aussi élégants que possible. Emmanuelle lui adressa un signe très amical. Il manqua de boire la tasse mais parvint à extirper son bras droit de l'eau pour lui répondre à son tour. Richard comptait en rester là mais elle entreprit de nager dans sa direction. Lentement. Il fit une partie du chemin vers elle, jusqu'à un banc de sable qui lui permettait d'avoir pied.

Vous ne perdez pas de temps, lui dit-il quand elle le rejoignit.

J'adore cet endroit… et j'adore nager, répondit-elle. J'ai longtemps fait de la danse. Classique. Mais je suis trop vieille maintenant, je me suis alourdie, ramollie, il n'y a que dans l'eau que je retrouve cette sensation de légèreté, dit-elle en souriant, avant d'ajouter, d'un air plus grave : de liberté.

Je comprends. J'apprécie terriblement de nager en mer moi aussi, certes pour d'autres raisons que vous, ajouta-t-il de manière énigmatique.

Vous êtes obligé de me le dire maintenant que vous m'avez intriguée Richard, dit-elle.

J'aime nager seul en eau profonde. Dès que ma tête plonge de quelques dizaines de centimètres sous la surface j'ai la sensation de mettre le monde à distance. C'est stupide non ? Et terriblement égocentrique, vous dites-vous sûrement.

Elle le regarda droit dans les yeux. Ses mains dessinaient de petits cercles à la surface de l'eau devant elle.

Nicole m'a dit qui vous étiez. Je n'en revenais pas. J'ai

lu tous vos livres. Je suis terriblement fan de votre écriture, Richard, lui dit-elle très sérieusement.

S'il ne s'était pas trouvé à un endroit où il avait largement pied, il se serait sans aucun doute noyé.

Je ne vous crois pas, balbutia-t-il, reprenant soudain ses esprits, vous me charriez.

Vous voulez que je vous parle de vos personnages récurrents ? le provoqua-t-elle malicieusement.

Elle faisait manifestement référence au fait qu'une grande majorité des narrateurs de ses livres portaient le même prénom. Ce procédé lui permettait de se projeter dans un esprit qui n'était pas le sien et de pénétrer instantanément au cœur de son personnage. Même si ses trente années d'écriture lui avaient appris qu'il n'y avait globalement pas de recette en matière d'écriture. On essayait d'éviter les pièges, on gardait ce qui semblait marcher, on s'y accrochait comme à un totem en évitant d'en parler aux autres, en priant simplement pour que le miracle se reproduise la fois d'après.

Non, répondit-il finalement, enfin je vous remercie, c'est très... heu... très impressionnant, touchant même, je dirais presque intimidant.

Elle lui sourit. Une innocence naturelle se dégageait de ses traits. Une douceur particulière. Elle allait lui dire quelque chose quand son prénom retentit dans le lointain. L'appel du maître, pensa sarcastiquement Richard. Elle baissa aussitôt les yeux, fit un au revoir de la main presque sous l'eau, quasiment imperceptible, et se mit à crawler vers le rivage. Richard fit semblant de nager un peu, dans la direction opposée, avant de lever les yeux vers l'ancienne maison de Bob, et d'apercevoir en surplomb

Luka, en peignoir en soie, les mains sur les hanches, l'air menaçant. Emmanuelle atteignit la petite plage, se sécha rapidement les cheveux avant d'enrouler sa serviette autour de sa taille et de remonter le petit escalier en pierre qui séparait le bout du jardin de la minuscule crique dans laquelle il se jetait.

*

Le ciel était couvert, ce qui avait contribué à faire baisser la température de quelques degrés. Ouvrant la perspective d'une partie de boules endiablée entre amis. Richard n'avait fait part à personne de sa rencontre aquatique matinale. Si elle avait réellement lu tous ses livres, cela signifiait qu'elle le connaissait probablement mieux qu'il ne se connaissait lui-même. Même si Richard inventait toujours des trésors de procédés narratifs pour ne pas dévoiler le véritable sujet de ses livres. L'histoire sous-jacente. De la même manière qu'il maquillait en société sa sensibilité et ses accès de mélancolie sous un humour noir dévastateur. Enfin c'est ce qu'il croyait. Myriam lui avait dit un jour que personne dans leur entourage n'était dupe.

Grâce à Nathalie qui avait eu le bon goût de décliner l'invitation, les participants étaient un nombre pair, avec Nicole, ce qui permettait de mieux répartir les équipes. À la pétanque, il valait généralement mieux éviter de jouer en couple. Richard aimait bien jouer avec Annie, qui était une assez bonne pointeuse, quand lui, en dépit d'un taux de réussite avoisinant les trente pour cent tout au plus, persistait à se considérer comme un tireur hors pair, capable de dénouer n'importe quelle mène avec panache, d'un simple jet fracassant la boule adverse. Et assurait après chaque échec qu'il demeurait confiant, que cela ne pouvait que revenir. Nicole s'était retrouvée avec Michel, ce qui objectivement n'était pas un cadeau. Édouard et Frantz faisaient cause commune, sans grand enthousiasme de la part de l'esthète de la décoration d'intérieur, mais avec une grinta intacte côté Édouard, toujours obsédé par la gagne. Restait Myriam, moyennement concernée. Et Jean. Qui avait passé la première partie à faire n'importe quoi. Lancer sa boule quand ce n'était pas son tour. Viser le chien de Frantz et Michel, sagement assis à quelques mètres de l'aire de jeu, au lieu d'une boule adverse. Ramasser le cochonnet avant que tout le monde ait terminé de jouer. Ce genre de choses très énervantes. Sans parler des fois où il essayait de se barrer à pied en pleine partie pour aller cueillir des branches de mimosa des quatre saisons au fond du jardin. Obligeant son voisin immédiat à se lancer à ses trousses et le ramener gentiment avec les autres. Et puis Annie en avait eu marre. Elle avait sollicité une interruption de partie, demandé qu'on jette un œil sur son mari en son absence, et s'était dirigée vers sa cabane de jardin. Elle était revenue avec une grosse corde blanche. L'avait solidement fixée autour de la taille de Jean – elle maîtrisait les nœuds marins – et l'avait ensuite attachée à un gros arbre, au bord du terrain de boules. Ils l'avaient regardée avec de grands yeux ronds, totalement incrédules.

Et alors, avait-elle dit, ce n'est pas comme si je l'enfermais dans une cage, la corde fait dix mètres de long, ça va, et puis cela lui permet de jouer avec nous, hein Jean ?

Oui ma chérie, avait-il balbutié.

Ils avaient tous trouvé une bonne raison de détourner leur regard. Le seul problème était qu'il fallait lui ramasser ses boules quand il était en bout de corde. Ce qui, comme l'avait fait remarquer Richard en fin de partie, c'est-à-dire à l'aube d'une nouvelle défaite, constituait un avantage indéniable. Une forme d'économie de geste dont Jean et sa partenaire Myriam bénéficiaient indiscutablement. Quand les autres avaient de plus en plus de peine à se pencher en avant pour se saisir de leurs boules. Mais tous refusaient le déshonneur de l'utilisation d'un aimant fixé au bout d'une petite ficelle pour les remonter sans avoir à se baisser. L'équivalent d'un respirateur artificiel pour un type en coma profond, comme l'avait fait remarquer Édouard. Bref, bien aidée par un Michel soudain touché par une sorte de grâce divine, Nicole venait d'apporter le treizième et dernier point, décisif, à son équipe. Richard jeta ses boules au sol de colère en envoyant un regard noir à Annie, qui n'avait pourtant pas démérité. Nicole se mit à frétiller sur place puis à avancer les bras ouverts vers Michel pour le féliciter de leur victoire. Il s'évanouit avant qu'elle n'arrive jusqu'à lui. La chaleur, c'est la chaleur, répétait en boucle Frantz en lui tapotant les joues pour le maintenir éveillé, tandis que Michel, allongé sur le dos, lui lançait des yeux tristes. On l'aida à se relever. Il assura que ce n'était rien, d'une voix chevrotante, le teint blafard. Ils remontèrent dare-dare se servir des boissons fraîches. Rirent de bon cœur au débrief hilarant qu'Édouard fit de leurs différentes parties.

On a oublié Jean, s'exclama soudain Annie, paniquée.

*

Richard venait d'apprendre que Paul serait absent quelque temps. Quelques mois peut-être. À force de voir ses appels téléphoniques sur le poste direct de son éditeur sonner dans le vide, il s'était abaissé à appeler le standard. Comme n'importe quel aspirant écrivain. C'est là qu'on lui avait dit. Pour Paul. Même s'il ne croyait bien entendu pas en Dieu, sa première réaction fut de remercier le ciel d'avoir dans sa grande lucidité choisi de punir son éditeur pour ce qu'il lui avait fait subir. Avant d'admettre que sa réaction était doublement puérile. Aucune entité supérieure n'existait, et personne d'autre que lui n'aurait pu chercher à faire du mal à une personne aussi généralement charmante que Paul. Qui n'avait pas de portable. Richard ignorait même s'il avait une famille. Il n'avait jamais cru bon de lui poser la question. Paul semblait depuis toujours marié à la grande Maison qui l'hébergeait et lui confiait aveuglément le sort des auteurs dont il avait la charge. Il prenait soin des manuscrits qu'on lui transmettait comme s'il se fût agi de ses propres enfants. Richard n'allait quand même pas appeler le grand patron pour s'enquérir de la santé de l'homme qui venait de refuser de publier son dernier manuscrit. Trop louche. Trop risqué. Le risque existait que le magnat y voie une basse manœuvre pour contourner l'autorité de Paul en son absence. Non, il fallait attendre. Le vieux schnock finirait bien par se faire soigner. Et revenir. Et alors il verrait ce qu'il verrait.

Richard passait plus de temps qu'il ne l'avait jamais fait à discuter avec Michel, Édouard et Frantz. Même s'ils n'atteindraient jamais le niveau de fraternité qui unissait les deux frères ennemis. Richard était fils unique. Bob avait rempli ce vide. Trouver un frère à l'âge adulte permettait en théorie de faire l'économie des épreuves rituelles que s'infligent les véritables frères de sang dans leurs jeunes années. Enfermer le plus jeune des deux dans le noir pendant des heures n'était pas courant entre amis. Pour autant, après des années d'amitié profonde et sincère, Bob et Richard avaient fini par se faire partiellement rattraper par différents syndromes de névroses propres aux fratries. Particulièrement quand l'aura publique de l'un était sur le déclin tandis que celle de l'autre atteignait des niveaux absurdes, jusqu'à quasiment le faire canoniser de son vivant. Alors que franchement, on peinait à comprendre ce qu'il avait de plus que les autres metteurs en scène.

Myriam et Richard n'avaient pas eu d'enfants. Richard ayant refusé de se soumettre à des tests, on ne pouvait avoir de certitudes quant à l'origine exacte de cette incapacité à mettre un bébé au monde. Ils n'avaient pas non plus fait preuve d'acharnement. Myriam exprimait assez rarement de regrets. Ce n'était pas une blessure. Cela leur avait permis de vivre au jour le jour sans trop se soucier de l'avenir, de bouger, beaucoup sortir, voyager. Faire des siestes quand bon leur semblait. Et puis Myriam consacrait beaucoup de temps à sa galerie d'art. Nicole et Bob avaient un fils et une fille. Leur fille était violoniste professionnelle avant d'épouser un grand capitaine d'industrie français issu d'une vieille famille lyonnaise et d'avoir quatre enfants. David était né peu après que, par l'entremise de Richard, Nicole avait rencontré Bob. Pile neuf mois, répétait-elle chaque fois. Il écrivait pour le théâtre. Cela aurait été dommage de faire autre chose quand on avait la chance de bénéficier d'autant de passe-droits, comme le soulignait souvent perfidement Richard. David était un être assez fragile. Il s'était longtemps accroché à Richard sous prétexte qu'il était son parrain. Avant de comprendre qu'un psychanalyste avait beaucoup plus de chances de l'aider à se trouver et à aller mieux qu'un parrain écrivain particulièrement soupe au lait.

*

Richard venait d'ajouter trois pages à ce qui ressemblait à un début de roman. Ce genre de prouesse ou tout du moins de bref instant de jubilation – qui ne résistait souvent que moyennement à une relecture attentive le lendemain – avait le don de le mettre de bonne humeur pendant quelques heures. Il eut le réflexe d'appeler Paul pour lui en faire part, même s'il connaissait d'avance sa réaction – c'est bien Richard, c'est bien, tu m'en vois ravi, j'ai hâte de voir l'ensemble, tu comprends qu'il est difficile de te dire quoi que ce soit avant d'en avoir lu plus – mais il ne le fit pas. Son éditeur était sûrement encore en train de se faire soigner. Peut-être même se tenait-il à l'heure qu'il était debout, en claquettes, les mains dans les poches d'un peignoir de bain blanc orné d'un écusson de La Bourboule brodé sur le cœur, devant une porte qui tardait à s'ouvrir pour lui offrir le prochain soin prévu dans son planning. Myriam était en train de se doucher. Aussi décida-t-il d'utiliser la deuxième salle de bains. Qui se situait à l'autre bout de la maison, derrière la buanderie.

Une pièce d'eau d'appoint. Il entra brusquement avant de stopper net. Nicole se shampouinait les cheveux. La tête renversée en arrière. Les yeux fermés. Le dos cambré. Ses petits seins bombés vers le haut. Richard referma la porte derrière lui. Elle n'avait pas pris un gramme en quarante ans. Et possédait toujours un corps de jeune fille, si l'on exceptait quelques taches de vieillesse sur ses mains. Sentant une présence, elle rouvrit les yeux. Passé une brève seconde d'effarement, elle arrêta le jet, et sourit à Richard. Des gouttes d'eau perlaient sur son visage, sur ses seins, sur ses hanches, le long de ses jambes, avant de retomber à ses pieds. Richard fit un pas en avant vers elle. Il se tenait maintenant au bord de la douche à l'italienne. À quelques centimètres à peine d'elle. Nicole mit son index sur la bouche de Richard et lui dit doucement tu crois que l'on a besoin de cela, tu ne crois pas qu'on a un peu passé l'âge de ces bêtises. Sans se départir de son sourire. Richard baissa les yeux, pivota et ressortit comme il était entré.

Myriam était en train de se préparer un thé dans la cuisine.

Ah tu étais là, qu'est-ce que tu faisais dans la buanderie ?

Je ne sais même plus. Je perds la tête, répondit confusément Richard, honteux. Si ça se trouve tu me découvriras bientôt perché à poil en haut d'un arbre, avec Jean.

Elle s'approcha de lui, posa sa main sur sa joue, et lui offrit un baiser absolument brûlant sur les lèvres.

En attendant que tu te déshabilles et te mettes à grimper le long des branches, on pourrait peut-être aller se baigner non, qu'en dis-tu ?

On y va, dit Richard, qui adorait les bains matinaux.

Ils nagèrent à quelques dizaines de mètres du rivage avant de faire une pause sur le banc de sable. L'eau à hauteur de poitrine, Myriam plaça ses bras autour du cou de Richard et se mit à l'embrasser. Richard défit habilement les petites ficelles de son bas de maillot de bain et, abaissant son maillot à lui, sortit son sexe et la pénétra. Puis ils firent quelques brasses l'un à côté de l'autre. Richard avait du mal à se sortir l'image de Nicole de la tête.

Tiens regarde, il y a Emmanuelle. Hou hou, Emmanuelle, cria Myriam en lui faisant signe.

Ils se rejoignirent sur la petite plage et s'assirent dans quelques centimètres d'eau. La jeune femme affichait un air maussade. Richard se demanda si elle n'avait pas un léger bleu sous l'œil gauche, sans en être certain. En dehors de cela, elle était absolument charmante. Après quelques minutes, les deux filles discutaient déjà comme deux copines de lycée, en dépit de leur écart d'âge. Richard sentit qu'il valait mieux qu'il s'esquive.

Nicole, en maillot de bain, une serviette autour de la taille, était en train de gratter frénétiquement un fond de casserole avec une éponge dans l'évier de la cuisine.

Nicole... dit Richard, horriblement gêné.

On n'en parle plus Richard, jamais plus, ordonna-t-elle à voix basse, il en est hors de question. Il y a des choses qu'il vaut mieux ne jamais soulever.

100 % d'accord, répondit-il avant de se saisir d'un livre et de gagner la terrasse. Même s'il ne parvint pas à

en lire une ligne, incapable qu'il était de fixer son attention plus d'une minute sur le texte.

*

Il y avait de plus en plus de blancs dans leurs conversations. Des éclipses au cours desquelles l'un ou l'autre des membres de la bande s'échappait pour s'isoler dans ses pensées. Comme s'il fallait laisser une place au disparu, au rapport que chacun entretenait avec lui, aux bouleversements que sa mort avait entraînés en eux. Richard s'efforçait généralement de ne pas penser à l'avenir de la planète, ni au sien. Les considérant tous deux plus ou moins condamnés à court terme. Il préférait s'en tenir à la mise à l'écart volontaire que constituaient leurs séjours ensemble. Leur petite communauté siégeant dans l'un des recoins les plus isolés de l'île offrait en soi une sorte d'enclave de résistance face à l'évolution du monde. Dont Richard, après avoir beaucoup lu sur le sujet, datait le grand basculement à partir du moment où internet, cette machine à simplifier la pensée jusqu'à la contracter au maximum et uniformiser les comportements à l'échelle de la planète, avait réussi à coloniser simultanément les esprits les plus fragiles, soit les enfants de moins de dix ans et les personnes de plus de soixante ans. Parvenu à ce sommet, la victoire s'était révélée totale. Richard et ses amis comprenaient parfaitement ce qui était en train de se passer. L'appauvrissement de la langue qui devenait la norme, parce qu'il fallait une nouvelle langue à ce monde redéfini pour bien signifier l'écrasement de l'ancien. L'étalement obscène des possessions de l'ultraminorité dominante jeté en pâture aux yeux de la masse, elle-même fascinée par ces richesses auxquelles elle n'aurait jamais accès, n'en était pas le moins emblématique des symboles. Aux côtés de l'écrasante domination de la pensée digitale unique, méprisant l'érudition, la finesse d'analyse, la variété des courants de pensée et globalement toute forme de questionnement. Oui, ils comprenaient parfaitement ce qui était en train de se produire, ce vers quoi on nous entraînait collectivement, mais ils étaient passés de l'indignation à la résignation. Ils étaient trop vieux pour espérer changer quoi que ce soit. Ils ne vivaient plus dans le monde, mais à côté. Ils avaient fait le choix de se replier sur eux-mêmes, vestiges brinquebalants d'un monde disparu, de faire comme si de rien n'était, de vivre comme ils avaient toujours vécu, et d'attendre quelques années avant de disparaître de la surface de la terre, comme des milliers d'autres espèces le faisaient chaque jour, dans l'indifférence générale.

*

Michel et Frantz donnaient leur paella-party annuelle, un rendez-vous particulièrement attendu au sein de leur petite communauté. Richard avait reculé sa chaise d'un bon mètre, officiellement pour ne pas se prendre le soleil couchant dans les yeux. Nicole ne lui avait pas adressé la parole de la soirée, ce qui intrigua Myriam, qui les observait toujours du coin de l'œil. Non, il n'y a aucun problème avec Richard, lui assura Nicole quand Myriam lui en parla. Les voix des uns et des autres couvraient le clapotis des vagues, quelques dizaines de mètres plus bas. L'astre déclinant affichait à présent une teinte rouge mordoré. Il ne tarderait pas à s'effacer derrière la montagne. Comme nous tous, se lamenta silencieusement Richard. Il alluma une cigarette et, toujours en retrait, jeta un regard circulaire sur le petit groupe, affairé autour de moules éparses et de cuisses de poulet au centre de leurs assiettes à larges bords. Ils se tenaient tous au crépuscule de leurs vies. Personne n'évoquait le sujet, par peur, par superstition ; mais chacun avait eu l'impression, à la mort de Bob, de basculer brutalement de la projection à l'attente. Qu'un compte à rebours venait de s'enclencher. Leurs visages, comme celui de Richard – le sien surtout – portaient les stigmates de leurs excès passés, de ce qu'ils avaient infligé à leurs cœurs. Les conversations roulaient de l'un à l'autre autour de la table comme elles l'avaient toujours fait. Sauf qu'il en manquait un, le plus énorme, le plus bruyant, le plus envahissant, le plus drôle ; et que ce genre de réunion, autrefois considérée comme un heureux accident du destin, tenait aujourd'hui du petit miracle. Le temps se déréglait. Soit il s'étirait très lentement, dans une forme de torpeur, soit il filait bien plus vite qu'ils ne l'avaient jamais imaginé. La peur de l'après grandissait de jour en jour. On disait qu'il fallait s'y préparer mais aucun d'entre eux n'avait réellement envie de s'y mettre. Ils avaient vécu assez longtemps pour savoir que les mauvaises nouvelles n'avaient nul besoin d'avoir été anticipées pour subvenir.

Arrête tes mièvreries mon petit Richard, et profite, profite merde, lui reprocha la voix de Bob. Mange. Bois. Montre que tu es vivant. Aime. Offre ce que tu as à offrir. Jette tes dernières forces dans la bataille. Honore la vie tant qu'elle est en toi. Tu préférerais être à ma place. Seul.

Sans vous. Tu crois que je me morfondrais comme un con, passe-moi l'expression, si j'étais encore parmi vous ?

Tu me fatigues Bob, lâcha Richard. Si fort que tout le monde s'arrêta soudainement de parler. Se tourna vers lui. Il tira sur sa clope et plissa les yeux. Puis leur fit signe de la main de ne pas s'inquiéter, que cela allait, de passer à autre chose.

Mais... mais qu'est-ce que tu fais ? s'insurgea pourtant Myriam. Tu fumes ?

On dirait bien, répondit-il d'un air narquois.

Enfin mais d'où tu sors ces clopes ?

Je les ai prises chez Bob et Nicole, expliqua-t-il en espérant s'en trouver dédouané. Après tout c'étaient bien elles qui l'avaient forcé à retourner là-bas.

Éteins-la tout de suite, ordonna-t-elle.

Richard la défia longuement, les yeux dans les yeux, tira une dernière latte qui consuma en une seule bouffée pratiquement la moitié de la cigarette et l'écrasa ensuite sous sa tong, en espérant que la chaleur du mégot ne la perce pas. L'atmosphère se tendit instantanément. Richard et Myriam avaient le don de mettre tout le monde mal à l'aise avec leurs chamailleries, même s'ils avaient tous l'habitude. Édouard, splendide dans son pantalon blanc et sa chemise Kenzo largement ouverte sur son torse, se leva et invita Richard à faire quelques pas dans le jardin. Ils passèrent devant Nathalie, en train de téléphoner à voix basse, en partie cachée derrière un massif de fleurs.

Tu peux me dire ce qu'elle fout tout le temps avec son portable, l'interrogea Richard.

Je ne cherche pas trop à le savoir, lui confia Édouard, un sourire amer aux lèvres. Je soupçonne qu'il s'agit du médecin nutritionniste avec qui elle travaille sur son projet de livre de conseils d'alimentation. Je ne suis pas sûr. Je crois. Qu'est-ce que tu veux Richard, elle a vingt ans de moins que moi, si j'ouvre l'œil sur tout je meurs. J'aspire juste à continuer à vivre avec elle. Je l'aime tu sais. Elle est comme elle est mais il s'agit de ma dernière chance. Je n'ai plus beaucoup de cartes dans mon jeu.

Je vois, dit Richard, qui ne connaissait que trop bien sa propre inclination à tout gâcher stupidement dans pareil cas. Ils marchèrent en se tenant par l'épaule jusqu'au banc qui surplombait la mer de quelques mètres, sur lequel Bob et Richard avaient partagé tant de verres de vin, juste à deux, au coucher de soleil. L'absence de Bob agissait sur Richard comme les membres fantômes des amputés. Il était en permanence gêné par des fourmillements, des picotements, une sensation de brûlure. Ils écoutèrent religieusement le bruit des vagues dans la nuit noire. Michel, cintré dans une chemise hawaïenne rouge vif, les rejoignit et s'assit à côté d'eux, une bouteille de vin blanc à la main.

La place qu'il prenait quand même, ce Bob, lâcha au bout d'un moment Richard à ses deux amis. Vous savez quoi, j'ai l'impression d'entendre à nouveau les tourments de mon cœur depuis que sa voix tonitruante n'est plus là pour les couvrir, et je déteste cette sensation, c'est la même chose pour vous ?

Beaucoup de choses enfouies rejaillissent au fil des semaines quand quelqu'un vous quitte, commenta simplement Michel en se levant et brandissant la bouteille de vin vers le ciel étoilé.

À Bob.

À Bob.

Myriam lui lança un regard noir lorsqu'ils regagnèrent la terrasse. Sans doute cette histoire de cigarette, se dit Richard, en espérant qu'il ne s'agisse pas d'autre chose. Peu à peu les conversations reprirent. Sa femme ne lui adressa plus la parole de la soirée. Mais ils rirent. Malgré tout. Malgré Bob. Le temps assassin. La manière qu'ils avaient, avant la mort de leur ami, de défier le temps et ses affres d'un air bravache, la sensation qu'ils avaient aujourd'hui de ressembler aux musiciens du Titanic. Le teint jaune de Michel. Les soupirs d'ennui de Nathalie. Les élucubrations d'Édouard. L'arthrite. Les trous de mémoire. Les liens discrets maintenant Jean à sa chaise. Ils rirent même s'ils ne pouvaient plus le faire comme avant. Quelque chose s'était fracturé en eux, entre eux. Et à leur âge, les fissures ne pouvaient que s'agrandir.

*

Richard se leva avec difficulté le lendemain matin. Myriam avait déjà déserté le lit. Il fit précautionneusement basculer ses jambes sur le côté, comme son ostéo le lui avait appris, et resta un moment assis au bord du lit, les bras en appui sur le matelas, la tête baissée. Il se frotta ensuite le front énergiquement avec la paume de la main, puis se leva. Il mourait de soif. Il agrippa une bouteille d'eau dans la cuisine avant de sortir sur la terrasse, en short, une chemise de surfeur ouverte sur son torse bronzé. Myriam était en grande discussion avec Emmanuelle, des mugs de thé devant elles, séparées par une petite montagne de tomates installée au centre de la table. Richard se baissa vers sa femme pour l'embrasser mais elle tourna subtilement la tête pour éviter ses lèvres. Il se demanda ce qu'Emmanuelle pouvait en penser. Il la salua amicalement d'un hochement de tête.

Ça va, elle ne vous saoule pas trop avec ses histoires de semences paysannes et de potager, dit-il pour se venger de l'affront que son épouse venait de lui faire subir.

Vous plaisantez Richard j'espère, rétorqua la jeune voisine, amusée, je prends même des notes. Je rêve de créer mon potager dans le jardin. Et puis Myriam m'a proposé de faire des boutures de rameaux de myrte pour les repiquer sur notre terrain.

Oh, fit Richard.

Il alla se faire un café dans la cuisine. Quand il revint, Emmanuelle, sous l'effet de la température, avait retiré sa chemise en lin. Richard adressa une prière muette au réchauffement climatique et à son corollaire de chaleurs insupportables qui poussaient tout le monde à se dénuder autant que possible. En dépit de l'accueil glacial de Myriam, qui lui en voulait visiblement encore pour son écart nicotinique de la veille, Richard ajusta ses Wayfarer sur le nez et s'assit avec elles. Emmanuelle buvait littéralement les conseils de Myriam en matière de jardinage. Il se demanda si elle était orpheline. Nicole les rejoignit peu après.

Ce n'est pas encore l'heure de la cigarette du matin Richard ? demanda fielleusement Nicole pour remettre de l'huile sur le feu.

Je ne suis pas quelqu'un de très routinier tu sais, je fais au feeling, rétorqua-t-il.

Emmanuelle leur narra sa rencontre avec Luka, croisé dans un avion pour Moscou. On l'avait bookée pour une séance de photos – elle était mannequin à l'époque – quand lui s'y rendait pour racheter une société d'informatique russe. Ils s'étaient retrouvés côte à côte. Tout était parti de là. Le retour s'était fait en jet privé. Cela faisait quatre ans maintenant. Elle qualifia Luka d'écorché vif. À la manière dont elle décrivit de quelle façon il avait construit son empire dans le domaine de la protection et de l'exploitation de données, Richard comprit qu'il travaillait jour et nuit et faisait preuve d'une grande audace, pour ne pas dire brutalité, dans les affaires. Elle avait arrêté les photos. Les trois femmes finirent par abandonner Richard pour partir faire le marché au village. Il alla chercher l'enceinte portable à l'intérieur et après l'avoir installée à l'ombre lança le dernier album de Mick Flannery, en sourdine. Plus tard, entendant le vrombissement du moteur dans le chemin, Richard se précipita vers le rivage et se jeta dans la mer. Il ne voulait pas les gêner quand elles déchargeraient les courses du coffre. Il croisa en remontant Emmanuelle, qui traversait le jardin pour rentrer chez elle. Il lui dit au revoir mais elle lui répondit à tout à l'heure. Il en conclut qu'il fallait s'habituer à ce qu'elle se joigne à eux pour les repas désormais.

*

Tu t'occupes des boissons ? suggéra nerveusement Édouard à Richard.

Il fut un temps où Édouard les arrosait de champagne, de caviar et de cigares cubains. Avant que son compte en banque ne fonde à la suite d'un divorce houleux, de placements hasardeux et de l'obligation de contenter sa femme actuelle, jamais à court d'idées de dépenses saugrenues. Un jour qu'ils observaient depuis la terrasse Nathalie qui s'isolait au fond du jardin, son téléphone portable collé à l'oreille, Édouard avait confié à Richard qu'à l'arrivée il se demandait si le jeu en valait réellement la chandelle, avouant son admiration sincère pour le couple que Myriam et lui formaient.

N'importe quel couple semble parfait tant qu'on ne pénètre pas au cœur de son intimité, avait répondu Richard.

La flamboyance affichée en toute circonstance par Édouard n'avait d'égal que sa radinerie contrainte. Il comptait le moindre centime, s'arrangeait pour ne jamais avoir plus de pièces dans ses poches que le strict nécessaire lorsqu'ils allaient acheter le pain, mais pouvait aisément commander avec panache une bouteille de grand bourgogne au restaurant ou de dispendieuses coupes de champagne pour tous, dès lors que son portefeuille avait malencontreusement été oublié dans la boîte à gants de sa voiture, garée un peu trop loin. Ses invités s'acquittaient donc généralement des boissons, parfois avec une liste d'exigences fournie par Édouard lui-même, qui « s'occupait de tout le reste » ; généralement une dizaine de mini-toasts de pain de mie vulgairement tartinés de St Môret, accompagnés de chips saveur barbecue élégamment disposées sur des plats en céramique ramenés de Fès.

Je vous prépare un vrai festin cette fois, tu ne vas pas en revenir Richard, assura-t-il. Je vais faire les courses cet après-midi.

Tu veux que je t'accompagne ? demanda Richard, sans quitter des yeux Emmanuelle qu'on apercevait un peu plus bas, nageant la brasse avec une sensualité à couper le souffle.

Surtout pas, rétorqua Édouard en grand seigneur, vous êtes mes invités, je m'occupe de tout. J'irai seul.

Mouais.

Très belle, non ? dit-il soudain, portant ses yeux dans la même direction que ceux de Richard.

D'une incroyable beauté, ne put s'empêcher de confesser Richard.

Elle nous aurait rendus dingues à l'époque, hein, dit-il en poussant Richard du coude.

Elle nous aurait littéralement mis à genoux si tu veux mon avis.

Sûr et certain, admit Édouard en souriant.

Putain que ça passe vite, soupira Richard.

Et ça va avec Nicole ? demanda Édouard pour changer de sujet.

C'est un peu lourd je ne te le cache pas, répondit Richard en se tournant vers son ami. Tu ne me ferais pas la faveur de lui proposer de venir un peu chez vous ? Franchement, on pourrait faire une sorte de roulement, ce ne serait pas débile non, je me trompe ?

Nicole, chez nous ? s'insurgea Édouard. Avec Nathalie ? Ah non mon pote aucune chance, dit-il en éclatant de rire, aucune chance.

Richard se leva et ramena deux gins. Mais avec des glaçons. Il n'était que dix heures et demie. Il reprit son poste d'observation sur la grande table de la terrasse, aux côtés de son ami. Ils trinquèrent en silence.

Et avec Myriam ? Par rapport à Nicole...

Je n'en sais rien, soupira Richard, tu ne sais jamais avec

elle… elle est trop maligne pour moi… je suppose que ça va. On fait avec en tout cas. On fait en sorte que ça passe. Et puis tu sais comme elles sont complices. Je dois avouer que si je me place du point de vue de Myriam, la compagnie de Nicole est sûrement plus gratifiante que la mienne.

Je me demande ce qu'elle fout avec ce type, dit soudain Édouard, désignant la jeune nageuse.

On connaît tous la première hypothèse, répondit Richard.

Oui mais tout de même, pour une fille de trente ans et quelques, avec ce physique-là, qui plus est avec autant d'esprit et de candeur, il n'y a qu'à se pencher pour ramasser n'importe quel riche héritier prêt à lui dérouler un tapis en or massif sous les pieds. Il y a forcément autre chose.

Richard demeura songeur.

C'est un homme puissant, conclut Édouard, un type de cette trempe ça rassure forcément. Elle doit se sentir en sécurité.

Comme dans un QHS, ricana Richard.

On dit ça parce qu'on est jaloux, dit Édouard.

Ils se servirent un deuxième gin avant que leurs glaçons ne fondent totalement.

Emmanuelle était en train de remonter à travers le jardin, une serviette autour de la taille, slalomant gracieusement entre les pins parasols qu'elle s'amusait à effleurer d'une main légère sur son passage. Même les genévriers semblaient se courber vers le sol en signe de déférence à son contact. Elle allait bifurquer vers chez elle quand elle aperçut les deux vieux, leur fit signe et, après une brève hésitation, se dirigea vers eux. Ils finirent leurs verres d'un trait, de concert. Édouard se saisit de la bouteille et des verres qu'il s'empressa d'aller déposer dans l'évier de la cuisine. En moins de trente secondes il était de retour et proposait un chewing-gum à la menthe à Richard. Un vieux réflexe. Elle leur tendit la main avec grâce.

Quand elle leur demanda où étaient leurs épouses, Richard répondit qu'ils l'ignoraient.

Nous sommes là, comme deux malheureux, à prier pour qu'elles n'aient pas été touchées par un éclair de lucidité et qu'elles soient bientôt de retour, ajouta Édouard, badin.

Pauvres hommes, sourit Emmanuelle. Puis-je vous aider pour la préparation de la soirée ? demanda-t-elle ensuite.

Non je vous remercie, répondit aimablement Richard, on s'occupe de tout. On maîtrise, ajouta-t-il avec fierté.

Bien alors je vous laisse, dit-elle en se levant, n'hésitez pas surtout.

Luka sera-t-il bien des nôtres? demanda soudain Édouard, tandis qu'elle s'apprêtait à descendre l'escalier de la terrasse.

Elle se retourna et le fixa d'un air pétrifié.

Oui il sera là.

*

Édouard avait bien insisté pour que tout le monde soit là à vingt heures précises. Pour ne pas louper le coucher de soleil qui depuis sa maison, située plus en hauteur, était vraiment exceptionnel. Nicole et Myriam débarquèrent au bras l'une de l'autre. Nicole portait une petite robe du soir noire, d'une grande sobriété, mais nettement échancrée dans le dos. Myriam avait opté pour une robe d'été à motifs. Richard ne l'aimait jamais tant qu'avec ses habits simples et modernes. Parce que n'importe qui lui donnerait encore vingt-cinq ans d'assez loin. Lorsqu'elle optait pour une tenue plus habillée elle donnait l'impression d'avoir emprunté une robe à sa mère pour paraître plus vieille. Édouard avait vraiment mis les petits plats dans les grands. La table regorgeait de crevettes et autres mets appétissants. Il veut sans doute impressionner son futur investisseur, avait plaisanté Michel à l'oreille de Richard, désignant la maison de leur richissime nouveau voisin qui n'était d'ailleurs pas encore là.

On leur avait bien dit vingt heures ? demanda plusieurs fois Édouard, au bord de la panique. Il portait un bermuda bleu pâle, une chemise en lin blanche et des Tod's en daim.

On se demande comment on a réussi à faire des fêtes sans eux depuis trente ans, ricana Richard.

Ils vont louper le coucher de soleil, c'est con non ? insista Édouard.

Myriam avait apporté des brins de romarin pour accompagner les bouteilles de gin Horatio que Richard était allé acheter. En plus des bouteilles de Fever-Tree méditerranéen, le meilleur tonic du monde. Jean demandait en boucle de quelle mer il s'agissait. Et n'avait pas paru surpris quand Édouard avait fini par lui répondre, exaspéré, l'océan Arctique bien sûr, tu ne vois pas les icebergs ? Suscitant la réprobation de Nicole et Myriam. Nathalie avait reçu un coup de fil et s'était précipitamment enfuie dans sa chambre.

Mais qu'est-ce qu'elle a, à téléphoner tout le temps ?

demanda Frantz à Édouard, je croyais qu'elle ne travaillait pas.

Je ne sais pas, Frantz, tu m'énerves, répondit-il sèchement. Le retard de ses invités les plus prestigieux le rendait nerveux.

Jetant un œil à la cuisine, Richard aperçut Michel en train d'avaler une poignée de comprimés avec un grand verre d'eau.

Ça va Michel ? demanda-t-il à Frantz.

Ça va ça va, il a mal à la tête, c'est tout, tenta-t-il de le rassurer. Même s'il affichait un air triste qui ne laissait que peu de doutes sur l'existence d'un problème autrement plus sérieux. Richard prit brièvement la main de Frantz et la serra très fort dans la sienne, avant de lui donner une tape amicale.

Non mais tu te crois où Richard ? Tu crois que je ne t'ai pas vu caresser mon mec dans le dos dans l'espoir de me le piquer ? fit Michel en les rejoignant, singeant à merveille la crise de jalousie. Ils rirent. Frantz se retourna vers lui et l'embrassa.

Bon ça va, je suis un peu rassuré, dit Michel de manière surjouée, un peu seulement, ajouta-t-il.

Tu sais bien que c'est de toi que je suis secrètement amoureux depuis des années, plaisanta Richard, avant de prendre son ami dans les bras et de le serrer très fort contre lui.

On est là Michel, lui murmura-t-il à l'oreille, on sera toujours là, quoi qu'il advienne, quoi que tu aies, même si tu refuses manifestement d'en parler. Michel resserra son étreinte contre Richard. Qui ferma les yeux. Et sentit les larmes monter. Quand il les rouvrit, il croisa le regard de Nicole. Qui, après ce qu'elle venait de vivre avec Bob, nourrissait probablement peu d'illusions sur l'origine des petits tracas de santé de Michel.

Quel dommage, non mais franchement quel dommage que tu aies croisé la route de Myriam, s'extasia Michel en se détachant de Richard, franchement c'est du gâchis, tu aurais fait un super pédé, Richard.

Ah, ils sont là, se réjouit soudain Édouard.

Alléluia, commenta cyniquement Richard.

Il était moins une, s'exclama Édouard en s'avançant vers Luka et Emmanuelle, les yeux rivés sur sa montre. Ça va commencer, là, dit-il, désignant le soleil qui donnait déjà de sérieux signes d'affaissement.

Venez, venez, ânonna-t-il ensuite en s'avançant vers le point du jardin qui offrait une vue panoramique à la fois sur le golfe et les montagnes tout autour. Richard entendit Nathalie dire je te rappelle avant de raccrocher et de les rejoindre.

Le rituel était bien huilé. Emmanuelle et son ami s'y plièrent de bonne grâce. Il s'agissait de se mettre en ligne, de se donner la main et de regarder le spectacle en silence. Richard était positionné entre Myriam et Nicole. Le soleil prit une couleur incandescente qui projeta un voile rouge vif sur la montagne et traça depuis l'horizon un trait brûlant qui déchira la mer comme un sabre. Nicole imprima plusieurs petites pressions dans la paume de Richard qui s'efforça de n'y voir aucun signe, jusqu'à ce qu'elle approche subrepticement son visage de son épaule et s'y pose une fraction de seconde. Richard fut immédiatement envahi de frissons. Se tournant vers Myriam, il se rassura en constatant qu'elle avait les yeux fermés.

Richard refusa d'applaudir avec les autres à la fin du spectacle. Se donner la main passe encore, mais applaudir... On n'était pas non plus à Formentera.

Ils se ruèrent ensuite tous vers le bar. Richard proposa à sa femme de lui servir un verre. Elle ne répondit pas et se fit elle-même son gin tonic.

Qu'est-ce qu'il y a encore Myriam, lui susurra-t-il à l'oreille.

Arrête de me prendre pour une conne, dit-elle juste.

Richard n'était pas sûr de comprendre exactement ce qu'elle voulait dire. Mais il savait d'expérience qu'il allait devoir s'éloigner d'elle pour la soirée et que probablement il boirait plus que de raison. Il connaissait le déroulé par cœur.

Qu'est-ce qu'elle a ? lui demanda Michel, à qui rien n'échappait du fait de son empathie naturelle et de sa sensibilité exacerbée.

Je ne sais pas, elle me fait chier, dit Richard, fatigué des situations inextricables dans lesquelles sa vie le mettait régulièrement.

Je vais la voir, décida Michel.

Richard bifurqua dans la cuisine dans l'idée d'aider Édouard qui se préparait à ravitailler la table.

Eh ben dis donc tu ne t'es pas moqué de nous, lui dit-il en le voyant sortir du frigo de rutilants plateaux dorés de saumon fumé Fauchon.

Oui oui, répondit vite fait Édouard, mais ça va je n'ai pas besoin de toi, je me débrouille.

Mais si, je vais te filer un coup de main bien sûr, dit Richard en s'imposant près de lui. Il ouvrit la porte du frigo et sortit deux nouveaux plateaux. À l'emballage déjà ouvert. Richard en retourna un et vit que la date de péremption était dépassée de quatre ans.

Putain Édouard, fais gaffe, ils t'ont vendu du saumon fumé périmé, non mais c'est dingue, une marque aussi prestigieuse, on peut pas servir ça.

Mais si mais si, se défendit maladroitement Édouard.

Non vraiment, protesta Richard, c'est hyper dangereux.

Édouard attira alors Richard dans la buanderie attenante au garage, à l'écart.

Bon voilà, comme tu le sais, je ne roule plus sur l'or, mais bien sûr Nathalie n'entend rien, pas question pour elle de réduire notre train de vie. Donc voilà, je garde des emballages Fauchon, je les nettoie, je les stocke discrètement et ensuite je vais acheter des équivalents chez Lidl, que je replace dans mes anciens packagings Fauchon, ni vu ni connu, et tout le monde y gagne. Évidemment il ne faut pas regarder les dates.

Tu me sidères, dit Richard en riant.

Que veux-tu on fait ce qu'on peut, répondit Édouard. Et crois-moi si je peux vendre un super projet au Serbe ou je ne sais quoi ce soir je ne vais pas me priver, j'ai besoin de cash moi, je ne tiendrai pas vingt ans comme ça avec Nathalie, tu vois ? Je suis en train de tout bouffer.

Compris, Édouard Zuckerberg, fit Richard en mimant un salut militaire. Je suis dans ton équipe. On va le plumer ce Croate.

Arrête, dit Édouard en souriant, tu me connais, dis-toi plutôt que je vais lui rendre service à ce petit jeune. Lui offrir l'opportunité de bénéficier de mes quarante ans d'expérience dans le business.

Mais qu'est-ce que vous foutez dans le garage ? persifla soudain Nathalie en passant sa tête par la porte.

On arrive ma chérie, on arrive, on vérifiait qu'il y avait bien des bières au frais dans le deuxième frigo, s'excusa instantanément Édouard.

*

Myriam détestait ce moment. Lorsque les soirées se terminaient à un horaire raisonnable cela allait, mais dès lors qu'elles s'étiraient, les hommes et les femmes, retrouvant peut-être des réflexes ancestraux, se scindaient invariablement en deux groupes. Aussitôt qu'ils échappaient à leurs moitiés, tout ce qu'ils se disaient semblait subitement plus profond, ou drôle. Les hommes se mettaient à rire plus fort, à se taper sur l'épaule, à se lever pour se prendre dans les bras. Il fallait les voir se jurer mille choses à voix basse, se faire des déclarations d'amitié les yeux rivés à ceux de l'autre, la larme à l'œil. Myriam en nourrissait plus que de l'agacement. Comment pouvaient-ils faire montre d'autant de sensiblerie quand leur soutirer le moindre geste tendre relevait dans la vie quotidienne du supplice ? Il fallait parfois se pincer pour y croire. Pendant ce temps, les femmes chuchotaient. Échangeaient des regards entendus. Emmanuelle s'intégrait incroyablement facilement au groupe des filles. Elle leur parla à nouveau de sa vie d'avant ; ses voyages, les shootings photo, les quelques pervers qui traînaient dans la profession. Les interminables séances de maquillage. Avant de déclamer en riant que cela relevait désormais du passé, qu'elle était beaucoup trop vieille aujourd'hui, et pleinement occupée par son métier d'épouse de Luka. Il y eut un blanc dans la conversation. Elles avaient toutes une sorte de doute sur ce qu'elle présentait comme la chance de sa vie. Myriam jeta un œil en direction des hommes. De Richard précisément. Il fumait un cigare, comme les autres, offert par Luka. Édouard parlait beaucoup. Richard affichait son air sombre de censeur qu'elle ne lui connaissait que trop bien. Michel dormait littéralement, affalé contre Frantz. Ils étaient beaux, pensa-t-elle. La vie était injuste. Annie avait enfermé Jean dans la bibliothèque. C'était toujours mieux que de l'attacher à une chaise. Et puis il serait parfaitement à son aise au milieu des livres. Il adore lire, avait-elle insisté. Luka ne parlait pas. Il fixait Édouard sans donner l'impression de succomber à son numéro de serial entrepreneur. Aucune expression de son visage ne pouvait renseigner quiconque sur ce qu'il pensait des projets fantasques de leur ami, ni même de sa présence parmi eux. À l'inverse, rien de ce que son mari exprimait dans ses attitudes n'échappait à Myriam. Là, il aurait voulu être ailleurs. Cela se voyait. Ses yeux fuyaient à droite, à gauche. Hors de la conversation qui se tenait devant lui. Elle se demanda si ses tourments intérieurs prendraient un jour fin. Myriam ne savait que penser de la tournure que prenaient les choses. D'un côté la présence de Nicole, qui faisait preuve d'un courage prodigieux, constituait une sorte d'éclaircie dans leur vie, mais de l'autre son instinct lui disait qu'ils étaient peut-être en train de jouer inconséquemment une partie de badminton sur les flancs d'un volcan sur le point de rentrer en éruption.

En fine tacticienne, Myriam avait suggéré à Édouard d'allumer son brasero, de sorte qu'ils ne formaient à nouveau qu'un seul groupe. Il était près de deux heures du matin. Myriam s'était assise sur les genoux de Richard. Qui ne se plaignait pas.

On se croirait à une session de chamanisme, glissa Richard à l'oreille de Myriam. Elle l'embrassa. Bien sûr qu'il y avait mieux. Bien sûr qu'elle aurait pu mieux tomber. Ce n'était pas facile. Il fallait avaler des couleuvres. Ruminer en silence. Mais enfin c'était Richard. Son homme. Que pouvait-on encore espérer parvenu à leur âge, si ce n'était de rester aussi longtemps que possible dans un état correct, en attendant l'effondrement.

Quand Michel, bénéficiant d'un inattendu sursaut d'énergie, demanda à Luka s'il était content de bénéficier désormais d'un pied-à-terre ici, il répondit par l'affirmative, précisant sobrement que dans le cas contraire il n'aurait pas fait l'acquisition de la maison. Il y a seulement beaucoup de pins ajouta-t-il, de manière énigmatique.

De pins ? releva Édouard, surpris.

Oui il faut bien reconnaître que l'endroit n'est pas très accessible, répondit sèchement le jeune milliardaire, avec son accent slave assez prononcé. Même si je me déplace en hélicoptère, il me reste toujours une heure et demie de route avant d'arriver ici. Mais j'ai une idée. Ses yeux s'illuminèrent. Je pense en raser une bonne partie pour me faire aménager un héliport. Je perdrai moins de temps en trajets, ajouta-t-il d'un air de défi.

Édouard, qui venait d'avaler une énième gorgée de gin tonic, recracha en brume le liquide qu'il venait d'ingurgiter en manquant de s'étrangler. La projection atteint malheureusement la chemise de Luka.

Oh je suis désolé, s'excusa immédiatement Édouard en se levant et allant chercher une serviette en papier dans la cuisine. Il revint en titubant et s'efforça de réparer les dégâts sur la chemise du Slave, qui saisit instantanément la serviette et la jeta à ses pieds.

Vous n'y pensez pas, Luka, dit soudain Richard, invitant Myriam à se dégager de lui et à s'asseoir à côté.

Qu'est-ce qui m'en empêcherait ? le défia Luka, d'un ton aussi calme et ferme que celui de Richard. Les autorités de ce pays sont encore plus corrompues que celles du mien, il ne me sera pas compliqué d'obtenir une autorisation, même a posteriori. Non Richard ? Vous pensez à autre chose qui viendrait s'opposer à ma volonté ?

Un bidon d'essence et un lance-roquettes, répondit Richard.

Luka resta quelques secondes interdit, puis partit d'un étrange rire nerveux. Anormalement long. Emmanuelle fixait le sol en recoiffant nerveusement ses longs cheveux vers l'arrière.

On y va, décréta Luka à l'intention de sa femme.

Luka je t'en prie, on ne peut pas partir sur ce malentendu, restons encore un peu mon chéri, je t'en prie.

Le type la saisit assez violemment par le bras et la releva, avant de se retourner et de s'en aller, sans desserrer son étreinte. Il la traînait par le coude. Elle se retourna furtivement, tout en continuant à marcher, et tenta d'envoyer un petit signe à l'assemblée.

Drôle de type quand même, dit Michel.

Il faut remercier Nicole, répondit ironiquement Richard, c'est un peu grâce à elle si nous avons de nouveaux voisins.

Remercie Bob alors, rétorqua Nicole en se levant précipitamment, suivie de Myriam, on n'en serait pas là s'il n'avait pas eu la mauvaise idée de mourir.

Richard ne dit rien. Il compta un quart d'heure et rentra à son tour se coucher sans apporter de réponse à Édouard qui lui demandait s'il pensait qu'il avait fait forte impression à Luka avec ses projets de création d'entreprise et à combien il estimait ses chances qu'il accepte de le financer.

*

Tu y es allé fort hier soir, plaisanta Myriam au petit déjeuner.

Non mais tu imagines une piste d'hélicoptère à cent mètres de chez nous ? lança Richard, tu réalises un peu ce que ce serait. Je ne plaisantais pas hier soir, si ce dingue abat un seul arbre je mets le feu à sa baraque.

Qui est by the way un peu la mienne également je te signale, intervint Nicole, au moins en termes de souvenir.

Je te laisserai prendre des photos avant si tu veux, ricana Richard.

Bon, en tout cas, il a bien dû comprendre notre position grâce à toi, c'est positif, dit Myriam qui horripilait régulièrement Richard avec sa propension à trouver des raisons de se réjouir de chaque chose. Après autant d'années de vie commune, il pouvait quasiment anticiper ce qu'elle allait lui dire dès que ses lèvres se mettaient à bouger, avant même que le moindre mot ne sorte de sa bouche. Personne n'en parlait trop, on avait tendance à mettre le sujet sous le tapis, mais peu de couples échappaient à cette malédiction. Non, je suis plus inquiète pour Emmanuelle, poursuivit-elle. Je n'ai pas trop aimé la manière dont il l'a forcée à partir hier soir.

Franchement si Bob m'avait fait ça je crois que je lui aurais craché au visage, ajouta Nicole.

Ils rirent. Bob s'était toujours comporté de manière extrêmement prévenante avec sa femme. Il l'adorait plus que tout. La vénérait même plus que n'importe quoi ou n'importe qui d'autre.

Richard alla s'isoler dans sa chambre pour écrire. Cela n'allait pas révolutionner la vie du plus grand nombre, mais à son échelle il n'avait trouvé aucun meilleur moyen pour réparer le monde, et faire tenir le sien à peu près debout. Le travail avançait. Petit à petit. Quelques phrases qui ne lui faisaient pas honte. Le rendaient même un peu fier, du moment qu'il ne les confrontait pas aux auteurs qu'il admirait, dont le moindre paragraphe se situait des kilomètres au-dessus de ce que lui était capable de produire. Mais sinon personne n'aurait jamais écrit quoi que ce soit depuis Shakespeare, se consolait-il. Il eut envie d'appeler Paul pour lui dire que cela prenait forme. Que peut-être il avait eu raison. Que ce texte serait infiniment meilleur que celui qu'il lui avait refusé. Même s'il ne lui pardonnerait bien entendu jamais. Son poste direct ne répondait toujours pas. La standardiste lui murmura au téléphone qu'il était toujours hospitalisé et que pour autant qu'elle le savait cela allait mal. Richard aimait échanger avec Paul durant son process d'écriture. Parler de choses et d'autres, de la pluie, du beau temps, cracher sur quelques auteurs maison, débiner les écrivains trop vite portés au pinacle, pérorer sur les jurys littéraires. Il en retirait bizarrement toujours quelques pistes. Même si Paul s'exprimait régulièrement par ellipses. Comme ils se pratiquaient l'un et l'autre depuis plus de trente ans, Richard arrivait à décoder plus ou moins les messages subliminaux distillés par son patron – car il existait bien une hiérarchie claire entre eux, il venait d'en faire cruellement l'expérience – et, l'un dans l'autre, en arrivait à faire subir à son manuscrit des inflexions nourries des réflexions de Paul. Ce texte sur lequel il avait commencé à travailler prenait une tournure plus personnelle. Richard trouva absurde et pathétique l'idée que la mort de Bob l'ait libéré de quoi que ce soit. Mais le constat était là. Si Paul n'avait pas été en arrêt maladie, il aurait pu enfreindre un peu la règle et lui en lire un ou deux passages au téléphone.

Je vais déposer un panier de tomates du jardin chez Jean et Annie, tu m'accompagnes ? demanda Myriam qui venait de passer sa tête par la porte.

Bien que cette perspective ne lui parût d'aucun intérêt il accepta. Il avait besoin d'une pause. Cela lui ferait du bien de marcher un peu.

Les volets étaient fermés. Ils frappèrent plusieurs fois à la porte. Annie mit un certain temps à ouvrir. Elle portait une sorte de long tee-shirt blanc qui lui descendait jusqu'en haut des cuisses avec une grosse tête de Mickey au centre.

Tu te lèves seulement ? Il est onze heures et demie, s'étonna Myriam.

Annie leur fit signe d'entrer.

Jean n'est pas là ? demanda Richard en s'installant sur le canapé, dans la pénombre.

Il est dans la chambre, répondit Annie.

Ah.

Myriam alla se servir elle-même un verre d'eau glacée dans la cuisine.

Tu as retiré tes miroirs ? Il n'y en a plus un seul, tes beaux miroirs marocains ? demanda Myriam.

Annie se frotta nerveusement la joue.

Assieds-toi, il faut que je vous raconte, mais j'espère que vous avez le cœur bien accroché mes très chers, dit-elle en prenant place sur un large fauteuil face à eux, les bras croisés devant elle.

En gros Jean prenait des médicaments pour freiner la progression de la maladie. Il se trouvait que ceux-ci présentaient des effets psychiques assez dévastateurs. Même s'ils contribuaient, peut-être, à freiner le processus. Toujours est-il que l'ami Jean venait de retrouver une libido digne de ses dix-sept ans. Dans la confusion qui régnait à l'intérieur de son cerveau, il s'était mis en tête qu'ils étaient de jeunes mariés en voyage de noces. Ils le faisaient quasiment trois fois par jour. Alors Annie avait retiré tous les miroirs de la maison, y compris dans la salle de bains. L'idée était d'éviter un choc émotionnel s'il découvrait son image de vieil homme dans une glace.

Myriam éclata de rire.

Je sais que c'est puéril, confessa Annie, mais réfléchissez un peu, il me reste quoi à partager avec Jean avant que survienne le chaos. Je sais que cela ne durera pas éternellement. Je m'en fiche, dit-elle en riant. Je me surprends moi-même. Je ne m'en pensais même plus capable.

Tu as bien raison, abonda Richard.

Justement, Jean se pointa dans le salon. Intégralement nu, ce qui les fit sursauter.

On y va chérie ? dit-il en leur faisant un clin d'œil tandis qu'il entraînait Annie dans la chambre.

Myriam posa le panier de tomates sur la table du salon et ils refermèrent précautionneusement la porte derrière eux.

*

Michel passa sur le coup de dix-huit heures. Frantz bossait à la maison sur un projet de réaménagement d'hôtel de luxe dans le Marais. Le chien était resté avec lui. Officiellement il l'inspirait. Officieusement, Frantz soupçonnait Richard de ne pas l'aimer et de lui filer des petits coups de pied en douce sous la table.

Michel, un verre de pastis à la main, s'extasiait devant la plastique d'Emmanuelle qui barbotait en contrebas. Avant de se tourner vers Richard, l'air grave.

Tu as compris que j'avais chopé le truc Richard, hein tu l'as vu ?

Oui, forcément, s'excusa-t-il presque.

Je n'ai pas envie d'en parler, dit Michel. Pas cet été. Pas juste après Bob, ça me fait assez chier comme ça. Je verrai bien à la rentrée.

Tu as raison. Et Frantz ?

Il panique, il est aux petits soins, c'est déjà ça, dit-il en faisant un clin d'œil. Il flippe. Moi aussi d'ailleurs. Tu sais que j'ai toujours adoré Bob, même si je suis d'accord avec toi, il en faisait des caisses, mais bon, de là à le rejoindre d'un bond, bof.

Oui bof, sourit Richard en l'embrassant sur le front.

Emmanuelle débarqua un peu plus tard, à l'impromptu. Ils devisèrent un moment des vertus magiques de l'île qu'elle découvrait à peine. Ils avaient à peu près son âge quand ils s'y étaient installés.

Pendant qu'ils lui parlaient, Richard remarqua qu'elle avait une petite contusion à la jointure du front et des cheveux.

Oh ce n'est rien, dit-elle en voyant qu'il l'observait, je me suis cognée à la porte en pleine nuit, je ne connais pas encore bien la maison. On trinque ?

À votre futur héliport ? osa Michel.

Non, à autre chose, répondit-elle, mais méfiez-vous de Luka, il ne plaisante jamais. Je vous ai dit qu'il pilotait ?

Merveilleux, commenta ironiquement Richard.

Ils apprirent que leur voisin s'était envolé le matin même pour Dubai.

Alors... on trinque à mes nouveaux amis qui m'ont si bien accueillie ? proposa-t-elle.

Au vent de jeunesse et de fraîcheur que vous insufflez merveilleusement à ce sanatorium, répondit Michel.

Frantz ne répondant pas au téléphone, ils improvisèrent un dîner tous les cinq.

Emmanuelle leur demanda avec curiosité comment ils s'étaient tous connus.

Richard, Nicole et Bob se sont rencontrés à la fac, raconta Michel. Si j'ai bien compris Richard et Nicole se fréquentaient déjà – tu voyais Nicole par ailleurs Richard, c'est cela ? – et puis après il l'a présentée à Bob, non, je me trompe ? On n'a jamais trop bien su, conclut-il en jetant un regard malicieux à Nicole. Richard ne répondit rien, pas plus que Nicole.

Les trois ont toujours méticuleusement gardé le mystère sur les conditions exactes de leur rencontre, s'agaça Myriam, pas vrai ?

Nicole se leva et, après s'être déclarée très éprouvée, partit se coucher. Richard décida lui d'aller faire quelques pas dans le jardin. Il avait besoin d'entendre les vagues s'échouer sur le rivage, déclara-t-il.

Je suis désolée, dit Emmanuelle à Michel et Myriam, restés à table, j'ai jeté un froid, c'est cela ?

Tu n'y es pour rien ma petite poulette, la rassura Myriam, personne ne sait exactement pourquoi, mais ils deviennent toujours subitement très nerveux dès qu'on aborde le sujet. C'était pareil avec Bob d'ailleurs. Il vaut peut-être mieux ne rien savoir, ajouta-t-elle sans y croire.

En s'allongeant dans le lit, Myriam demanda simplement à Richard s'il avait remarqué la petite égratignure sur le front d'Emmanuelle.

Elle a dit qu'elle s'était cognée à une porte, ou un truc du genre, dit Richard.

Ah bon, commenta sobrement Myriam, visiblement peu convaincue.

Franchement je ne me sens pas d'y aller.

Enfin Nicole, tenta de la convaincre Richard, c'est... c'est juste que... enfin c'est ton devoir. Je suis désolé mais c'est comme ça, tu es sa veuve, appelle cela comme tu veux, mais ton statut implique certaines choses désormais. Vis-à-vis de Bob...

Je n'en aurai pas la force tu peux le comprendre non ? s'énerva-t-elle alors.

En tout cas ne compte pas sur moi, dit Richard. Franchement cela me flinguerait. Réellement.

De quoi parlez-vous ? demanda Myriam en se joignant à la conversation, tout en se frottant énergiquement les yeux. Elle se levait à peine.

Tiens, soupira Nicole en lui tendant son portable en guise d'explication.

Myriam s'avança vers elle, dans un caleçon emprunté à Richard et un tee-shirt sans manches affichant un courageux « free Tibet » au-dessus d'un drapeau. Il s'agissait d'un mail qu'elle venait de recevoir. Un hommage vibrant allait être rendu à Bob lors d'un événement culturel majeur, à Cannes. Ils lui demandaient de s'y rendre et de recevoir un prix en son nom, à titre posthume, en compagnie du ministre de la Culture. Elle était censée prononcer un discours.

Myriam tu comprends, j'en suis incapable, incapable, répéta-t-elle en faisant les cent pas et se tenant la tête entre les mains.

Richard, l'interpella Myriam en se tournant vers lui.

Hors de question, je l'ai déjà dit à Nicole.

Richard, redit-elle, d'un ton plus ferme.

C'est non, se défendit-il.

Nicole s'assit sur une chaise en paille du salon et se mit à pleurer, silencieusement.

Myriam se pencha sur son amie, l'entourant de son affection. Elle releva seulement la tête pour lancer à Richard un regard furieux.

Le vingt-trois millième, depuis qu'on vit ensemble, se dit Richard. Il avait appris à ne plus surinterpréter les froncements de sourcils et pincements de lèvres que Myriam lui adressait. Il serait mort sinon.

Tu veux que je vienne avec toi ? suggéra finalement Myriam d'une voix douce à Nicole qui s'était relevée et fixait maintenant la mer, au loin, à travers la baie vitrée, les bras croisés sur la poitrine. Elle portait un pantalon de yoga et un tee-shirt blanc. Aussi moulants l'un que l'autre. Richard était presque prêt à parier qu'elle pesait un ou deux kilos de moins qu'à vingt ans. Quand il l'avait connue en fac de lettres. Avant que ne surgisse l'ogre qui allait dévorer sa vie.

Non je te remercie, répondit Nicole. Je crois que je vais décliner. Comme Richard refuse de m'accompagner et de monter sur scène à ma place pour recevoir le prix. Je constate amèrement qu'il est inutile d'espérer de sa part le moindre effort en faveur de son meilleur ami tout juste décédé. Puisque c'est en réalité le genre d'homme qu'il est. Le genre d'homme à qui on ne peut rien demander. Jamais. Quelles que soient les circonstances.

La charge était violente. Richard voulut allumer une cigarette mais il se ravisa. Les deux filles attendaient clairement une réaction de sa part. Acculé comme une biche dans un sous-bois cernée par une centaine de bassets jappant au son des cors de chasse, il les regarda l'une puis l'autre fixement, sans rien dire. Oui, il était comme il était. Il en convenait. Même si elle noircissait un peu le tableau. Même si elle oubliait qu'elle vivait chez eux depuis leur arrivée ici, et que c'était parti pour durer. Et qu'il n'avait rien dit, qu'il ne s'y était pas opposé plus que cela. Alors qu'il aurait dû le faire. S'il avait eu un minimum de jugeote.

Le téléphone de la maison sonna. Ce fut comme s'il avait vu la vierge. Il se précipita pour répondre.

Salut Édouard.

Richard ça te dit une sortie en bateau en fin d'après-midi ? J'ai eu Ange. Il nous propose une virée entre hommes. Vers dix-huit heures.

On ne peut pas y aller tout de suite ? demanda fébrilement Richard, au cas où.

Tu plaisantes Richard, il est à peine huit heures du matin, tu rêves, dit Édouard.

Bon à tout à l'heure alors.

Richard raccrocha. Se retourna. Elles ne l'avaient pas quitté des yeux.

Alors ? le relança Myriam en jetant un coup d'œil à Nicole.

Je ne sais pas, je vais voir. Vous me faites chier, lâcha Richard. Il se fit couler un café, empoigna un paquet de clopes abandonné sur la table, par défi, et sortit sur la terrasse en passant devant elles sans leur jeter le moindre regard. Il crut voir dans son dos Myriam pousser Nicole du coude et lui murmurer c'est bon. En ces temps troublés il ne devait jamais oublier de les considérer aussi comme des adversaires.

Elles ne se rendaient pas compte. De ce qu'elles lui demandaient. Rendre hommage à Bob. Au nom de quoi en serait-il capable d'ailleurs ? Quelqu'un s'interrogeait sur ce qu'il ressentait, lui ? Était-il censé n'être qu'un monstre insensible sous prétexte qu'il faisait en toutes circonstances montre d'une grande pudeur ? Qu'est-ce qu'elles croyaient, qu'il ne lui manquait pas, à lui aussi ? Qu'il ne sentait pas une pointe s'enfoncer dans ses poumons dès que quoi que ce soit ravivait la mémoire de son ami ? Même s'il était particulièrement chiant. Usant. Pénible à vivre. Avec son gros rire, ses succès à n'en plus finir, sa liste de contacts téléphoniques dans laquelle il ne manquait quasiment que le numéro d'Obama. Qui se souciait de lui réellement ? Pour cela, pour tout. Qui se souciait de son avis au moment d'imposer Nicole dans leur foyer ? Est-ce parce qu'il était écrivain qu'on devait le considérer comme quantité négligeable ? Asocial par nature ? Il tourna dans le jardin en maugréant, sa tasse de café à la main. Fuma clope sur clope. Écrasant vaguement la dernière à ses pieds avant de retirer son tee-shirt et son caleçon et d'aller se jeter à l'eau. À poil. Mais il était encore tôt.

*

Les pompiers arrivèrent sur place en moins de dix minutes. Les filles et Frantz avaient fait une chaîne et se passaient des seaux. Édouard tenait le tuyau d'arrosage et faisait ce qu'il pouvait. Les dégâts étaient minimes. Jean, tout de même vêtu d'un slip, applaudissait en riant. Cela ne s'arrangeait pas. Richard aperçut un des pompiers tendre un mégot à Myriam avant de quitter les lieux. Ce n'était pas le moment de sortir de l'eau. Il détestait les leçons de morale. Et puis si les filles ne l'avaient pas pris en étau dès potron-minet avec cette histoire de cérémonie à Cannes, il n'aurait certainement pas été contraint de passer ses nerfs sur son paquet de cigarettes. Et encore moins de se jeter à l'eau. Nu. Ses doigts étaient totalement fripés. Il finit par faire de grands signes à sa femme. Qui consentit à descendre vers lui.

Avant que tu dises quoi que ce soit Myriam, peux-tu m'apporter un maillot, je suis à poil.

Elle rit.

Et si je te laissais ? suggéra-t-elle.

Tu ne le feras pas parce que je suis désolé. Même si c'est en grande partie de votre faute, à Nicole et toi, je reconnais que je n'aurais pas dû fumer dans la pinède, et encore moins laisser tomber un mégot au milieu des épines sans l'écraser. Voilà je l'ai dit. Tu m'apportes mon maillot ?

Tu t'engages à accompagner Nicole à Cannes ?

C'est dégeulasse, murmura-t-il en baissant les yeux.

Alors ? Je te laisse te transformer en épave au fond de l'eau ou tu me dis que tu acceptes de te rendre à la cérémonie, et d'y faire un beau discours en hommage à ton ami.

Tu fais chier Myriam. Je pourrais très bien sortir de l'eau comme ça et remonter tranquillement à la maison, même nu. Ça n'a pas l'air de trop le déranger Jean après tout.

Tu sais très bien que tu ne le feras pas, prude comme tu es.

Allez Myriam je t'en prie, apporte-le-moi.

Cannes ?

Putain oui, oui j'irai c'est bon, merde.

Ne bouge pas je reviens.

Elle avait dit à Nicole que c'était réglé. Que c'était bon. Qu'il irait avec elle. Nicole voulut le remercier mais il s'écarta en maugréant. La sortie en bateau tombait bien. Il n'en pouvait plus de ces femmes.

*

Ange Agolacci avait longtemps tenu un restaurant sur le petit port, en face de chez eux. Jusqu'à ce qu'il doive s'absenter sur le continent. Presque huit ans. Ne parvenant à se faire rapatrier sur l'île que dans ses derniers mois de détention. Il avait ensuite vaguement repris son exploitation même si le cœur n'y était plus. Après le dernier incendie accidentel, il avait décidé de fermer. C'en était assez. Ayant gardé sa terrasse intacte, ainsi que les tables et chaises du temps de la splendeur de son établissement, il buvait une bonne partie de la journée, seul, sur son plancher d'extérieur en bois exotique qui dominait la mer. Sur cette île comme dans la vie en général, ne rien faire était souvent mère de toutes les prudences. Sauf quand deux femmes qui comptaient énormément pour vous vous demandaient de prendre l'avion et d'aller vous enfermer dans une salle de spectacle capitonnée, non sans s'être au préalable fendu d'un long discours d'hommage. L'horreur.

Allez montez moussaillons, s'écria le capitaine en agitant sa casquette. J'ai fait le plein.

De gazole ? demanda Michel, s'accrochant au bras de Frantz pour se hisser sur le pont.

Pas que, répondit Ange Agolacci dans un grand éclat de rire en désignant une immense caisse bleue remplie de glaçons dans laquelle baignait un échantillon assez large de tout ce que l'homme avait créé comme alcools depuis deux cents ans.

Je sens que je vais adorer, se réjouit Édouard.

Cela ne te dérange pas si on attache Jean au mât avec une corde, tu sais... plaida Richard.

Pas du tout, je suis au courant.

Ah bon, s'étonna Richard, mais qui te l'a dit ?

Mon petit scribouillard, répondit affectueusement Ange, crois-tu qu'il y ait une seule chose que je ne sache pas sur l'île ?

Richard sourit, en aidant Jean à monter à bord. C'est Annie qui avait insisté. Elle lui avait tartiné le visage et les épaules d'écran total. Si bien qu'il répétait en boucle qu'il était le mime Marceau. Cela faisait de la peine.

Je peux mettre le chien dans la cale ? demanda Frantz, inquiet.

Il ne va pas gerber au moins ? l'interrogea Ange d'un air suspicieux. Sinon on le jette par-dessus bord, hein ?

Richard s'esclaffa.

Ça ne m'étonne pas de toi Richard, hein ça te fait bien rigoler ce genre de blagues sur mon chien, je suis sûr que tu les ferais toi-même si tu le pouvais, je n'arrête pas de le dire à Michel.

Attends Frantz c'est quoi ce procès d'intention, se défendit Richard, tu me prends pour un monstre ?

Je préfère ne pas te répondre, siffla Frantz d'un air pincé en embrassant les poils blancs bouclés de son animal, tapi dans ses bras, sur le dos.

Ange mit les gaz sitôt après avoir franchi les limites de sécurité du port.

Hey les mecs, là, c'est ma maison, s'enthousiasma Édouard en désignant sa grande bâtisse blanche en surplomb, tandis qu'ils naviguaient déjà en pleine mer, et qu'on ne distinguait déjà plus très nettement les côtes.

Ah oui, dit Richard, regardez, on dirait que Nathalie est en train de téléphoner sur la terrasse.

Arrête avec ça Richard, dit Édouard, à demi vexé.

Il faut deux mètres cinquante, décréta Ange, deux mètres cinquante de long, pas plus. Si on veut être sûrs. On fixa précautionneusement la corde au mât et l'autre bout autour de la taille de Jean en lui disant ça va être bien, hein ?

Le jour où quelqu'un commence à me parler comme à un bébé je me flingue, souffla Richard à Michel, qui esquissa un sourire douloureux avant de lui glisser à voix basse qu'il avait pour sa part l'intention de lutter jusqu'au bout.

Oui mais toi ce n'est pas pareil, lui répondit Richard, à l'oreille. Ce n'est pas une maladie mentale. Cela n'a rien à voir.

C'est la société tout entière qui devient une maladie mentale, dit cette fois Michel à voix haute.

Qu'est-ce que tu dis mon chou ? s'enquit Frantz.

Je dis que je suis plus qu'heureux d'être sur ce bateau, avec vous mes amis, à un point que vous n'imaginez même pas. Et qu'il fait soif.

À Bob, trinquèrent-ils de concert en levant leur premier verre.

À ce sacré flibustier de la culture, ajouta Ange. Merde, je n'aurais jamais cru que ce serait lui qui partirait en premier.

Rendons grâce à Dieu, s'exclama Richard, déclenchant l'hilarité générale.

Ils faillirent pleurer, assis sur le pont en bois du bateau, côte à côte, ancre jetée, au coucher de soleil. Ils en étaient à leur quatrième verre.

T'as vu des dauphins récemment ? demanda incongrûment Michel à Ange.

Au printemps, répondit l'insulaire, par dizaines. Avant le déferlement des touristes.

Les gars je vous le jure, déclara Michel, si on tombe sur un banc de dauphins, je vous suce tous, un par un.

Des dauphins, hurla instantanément Édouard, désignant un vague point dans l'eau, à distance.

Ne me prends pas pour un con Édouard, rétorqua

en riant Michel, ne crois pas que je sois un homme si facile.

Tu as trop bu Michel, le tempéra aussitôt Frantz en lui prenant le bras.

Merde Frantz, tu me fais chier, à la fin, protesta Michel. On peut rigoler un peu quand même non ?

À Bob.

À Bob.

Cinquième verre.

Ils étaient maintenant allongés sur le pont. À part Jean. À cause de la corde. Mais qui était aussi fait que les autres. Ils s'ouvrirent auprès d'Ange du problème de Luka et de son projet d'héliport.

Impossible que ça arrive les gars, dit Ange d'une voix très calme. Faites-moi confiance.

À vingt-deux heures quarante-cinq, n'ayant quasiment rien mangé, ils ne tenaient plus debout. Sauf Frantz bien entendu. Parti par dépit tenir compagnie à son animal dans la cale. Jean échappa de peu à un bâillonnement en bonne et due forme, en plus des liens qui restreignaient déjà ses mouvements, quand, raide bourré, il entreprit de leur raconter dans le détail la manière dont il faisait l'amour à Annie à longueur de journée, avec la vantardise d'un ado boutonneux gorgé de testostérone et gavé de vidéos pornos. Édouard voulut rallumer son téléphone au cas où Nathalie s'inquiète mais battit en retraite devant les regards réprobateurs des autres. On n'enfreignait pas impunément ce genre de règles, établies de longue date, du temps de Bob. Ils ne s'embêtaient même plus à injecter un peu de citron ou de jus de tomate dans leur vodka. Ils se passaient simplement la bouteille et buvaient directement au goulot. Le pauvre Jean tendait chaque fois les bras à son passage sans parvenir à la saisir. En bas, le chien avait apparemment vomi sur Frantz, ce qui déclencha l'hilarité générale et ne contribua pas à lui donner envie de remonter parmi eux. Ange faisait tourner le moteur au ralenti. Il était près d'une heure du matin. À leur retour, Ange rata sa manœuvre et heurta assez violemment la coque d'une espèce de yacht immatriculé au Panama, mais orné de drapeaux suisses. Le fracas résonna dans tout le port, parfaitement silencieux à cette heure avancée de la nuit. Alertés, quelques types sortirent de l'unique hôtel du lieu qui jouxtait la minuscule marina. Par prudence, Ange descendit à la cale. On entendit Frantz crier pas le chien pas le chien. Le navigateur local remonta avec un fusil à pompe à la main. Il tira trois coups en l'air, qui déchirèrent le ciel. Jean sursauta tellement qu'il faillit s'assommer contre le mât.

Voilà, comme ça on ne viendra pas m'emmerder, commenta Ange, satisfait.

Richard, Michel et Édouard étaient morts de rire. On détacha Jean et après de longues embrassades avec Ange, ils repartirent chez eux. Saouls mais heureux.

*

Il y a eu de l'orage hier soir ? J'ai entendu des coups de tonnerre mais le sol était sec quand je me suis levée ce matin, demanda Nicole à Richard, affalé sur sa chaise, à table, le visage entre les mains.

J'ai tellement mal à la tête, se lamenta-t-il. Je ne sais

pas, ça a dû sécher, il n'a pas dû pleuvoir longtemps, je n'ai rien remarqué en tout cas, assura-t-il. Myriam n'est pas là ? demanda-t-il ensuite.

Elle est partie chez Annie et Jean. Qui allait assez mal visiblement. Comment ça s'est passé avec lui hier soir ?

Tout était normal, enfin...

Oui, normal comme il l'est depuis quelques semaines, acquiesça tristement Nicole.

Voilà, c'est ça, abonda Richard, sans chercher à s'étendre sur le sujet.

Tu as préparé ton discours ? enchaîna-t-elle soudain.

Mon discours ?

Richard, enfin ne me fais pas ce coup-là. C'est dans dix jours tu le sais. La cérémonie. Pour Bob.

Alors là pas du tout Nicole, mais vraiment pas du tout, dit-il, je ne sais même pas si je vais y aller finalement.

Une volée de coups s'abattit sur sa tête.

Non mais tu te fous de ma gueule, tu te fous de ma gueule, répéta-t-elle en détachant bien chaque syllabe.

Il ne répondit rien. Il lui faudrait peut-être plusieurs jours avant d'être capable de tenir une conversation.

Si tu me fais ça je te tue, le menaça-t-elle.

OK je viendrai, marmonna finalement Richard.

Bien.

Mais je ne te garantis rien, je ne garantis pas d'écrire quoi que ce soit pour l'occasion, et encore moins de monter sur scène pour recevoir son prix et débiter mes conneries. Je te signale que ce n'est pas moi qui étais marié avec lui après tout.

Des larmes envahirent les yeux de son amie.

Pardon Nicole.

Elle se tenait toujours debout devant lui, dans une petite robe de coton vert pâle décorée de minuscules motifs beiges. Sans se lever de sa chaise, il passa ses bras autour de sa taille et appuya sa tête contre son ventre.

Pardon Nicole, répéta-t-il.

*

Richard était plongé dans un livre de John Fante. Le soleil était sur le point de rendre l'âme pour aujourd'hui. Il y avait un petit souffle d'air, ce dont personne ne se plaignait. Il buvait son premier verre d'alcool depuis trois jours. Du blanc. Bouzeron. Un délice. Michel somnolait dans une chilienne près de lui tandis que Frantz brossait avec application les poils blancs de son chien, lové sur ses genoux. Ce n'est pas qu'ils vivaient tous moins fort, maintenant qu'ils étaient vieux, mais ils vivaient moins vite. Étaient plus à l'écoute de leur corps, soignaient leur dos avec des lotions fournies par Myriam, dormaient quand ils étaient fatigués, indépendamment de l'heure. Ce n'était pas si mal après tout. L'âge cesse d'être un problème dès lors qu'on s'épargne de trop regarder les choses en face. Édouard et Nathalie n'allaient pas tarder. Édouard du moins. Une soirée parfaite.

Ils repartent. Ce n'est plus possible, annonça froidement Myriam.

Merde, lâcha Richard.

Ça devient invivable pour Annie. Jean a besoin de faire des tests. De voir un neurologue. Il faut qu'il soit pris en charge maintenant.

La vache, dit Michel.

Annie m'a dit de vous embrasser tous, reprit Myriam, ils prennent le bateau ce soir. Annie n'avait pas le cœur de passer.

Le coup était rude. Bob d'abord. Puis Jean. Et Michel qui objectivement n'allait pas bien.

J'ai l'impression qu'on devient les personnages des *Dix petits nègres*, ironisa Michel.

Et on n'était même pas dix au départ, abonda Richard.

Tu crois que c'est une histoire de karma ? demanda fébrilement Michel, peut-être qu'on a fait quelque chose, qu'on a marché là où il fallait pas, qu'on a enfreint certaines règles sacrées. Non ? Je ne sais pas.

Tu veux que je te dise Michel, je crois que la mort nous rappelle que rien, pas la moindre petite chose en ce monde, n'a quoi que ce soit à voir avec la justice. Nous ne représentons rien dans l'univers. Nous sommes totalement insignifiants à l'échelle du temps. La maladie, la mort frappent totalement au hasard. Il n'y a aucun sens à trouver dans le malheur.

Alors il nous reste à vivre aussi puissamment que nos forces nous le permettront, prophétisa Michel en embrassant Frantz qui venait de se placer derrière lui et avait mis ses deux mains sur les épaules de son vieil amoureux.

Personne ne pouvait nier que Frantz s'intégrait mieux au groupe depuis la mort de Bob. Michel en avait touché un mot à Richard. Il ne s'agissait pas de salir la mémoire du défunt bien sûr, mais on était bien obligé de reconnaître qu'il avait quand même tendance à se comporter en despote parfois, à vouloir tout régenter. Sauf que l'on n'était pas sa troupe et que personne n'était à sa botte ici.

Richard sentit les yeux de Nicole posés sur lui. Il fixa à son tour les yeux bleu azur de son amie. Qui n'avaient pas bougé d'un iota depuis ses vingt ans. Qui demeuraient brillants et intenses, malgré les années. Même s'ils laissaient déjà à l'époque apparaître une pointe de mélancolie, une sorte de voile triste qui nuançait le tableau, laissait augurer la présence de zones sombres dans sa vie bien rangée. Richard connaissait bien ce sentiment, lui qui toute son existence avait eu l'impression de naviguer entre chien et loup, jamais totalement absent ni réellement présent. Encore aujourd'hui il se demandait si c'était son métier d'écrivain qui l'avait façonné ainsi ou s'il avait simplement eu la chance de trouver la seule activité dans laquelle ce trait de caractère pouvait se révéler un atout. Il eut envie de prendre Nicole dans ses bras.

Bon, je propose qu'on aille tous se coucher, ordonna alors Myriam. Cela fait beaucoup. Beaucoup de bouleversements. Je crois que l'on a tous besoin de dormir à présent et de nous réveiller un minimum neufs demain, ajouta-t-elle en lançant un étrange regard dans la direction de Nicole. Il faut bien que l'on continue non ?

*

Le sommeil de Richard fut interrompu à quatre heures du matin par le vrombissement de la voiture de Luka, qui, vraisemblablement, rentrait de voyage. À toute blinde.

La brute. Emmanuelle vint leur rendre visite pour le petit déjeuner. Son homme devait faire la grasse matinée.

Oui il est rentré de Dubai hier soir, souffla-t-elle.

Il reste quelque temps du coup ? l'interrogea Myriam.

Oui... je suppose, je ne sais jamais, il ne me dit rien à l'avance.

Elle se rongeait frénétiquement les ongles.

Il a un métier très prenant, c'est pour cela, tenta-t-elle maladroitement de se justifier, sans convaincre Myriam, Nicole ni Richard.

En tout cas il a beaucoup de chance de vivre avec une jeune femme comme toi, lui dit chaleureusement Myriam.

Merci, répondit-elle seulement.

Myriam écossait des petits pois pour le repas du midi. À huit heures du matin sur la table du petit déjeuner. Richard espérait que cela relève plus d'une forme d'activité méditative, un peu comme la réalisation d'un mandala, que de la pathologie typique des femmes au foyer de plus de soixante ans, ce qui aurait été dramatique. Quand Emmanuelle s'assit à côté d'elle et entreprit de l'aider, l'écossage prit un tour beaucoup plus sensuel. Elle était en maillot de bain deux-pièces et portait une de ses longues chemises blanches en lin, à peu près transparente. Elle n'avait pas encore pris le temps de peigner ses longs cheveux blonds. Richard se resservit un café et se dirigea vers l'intérieur de la maison d'un pas lent. Il préférait se mettre à sa table de travail le matin. Il se sentait plus frais. Après quatorze heures il se considérait comme mi-cuit, à peine capable d'aligner deux phrases correctes. Cela pouvait revenir un peu en fin d'après-midi, s'il était resté assez oisif les heures précédentes.

Il ne l'avait pas entendue entrer. Il était assis face à son ordinateur quand il sentit une présence derrière lui. Puis des mains posées sur sa nuque. Puis un léger bisou. Nicole laissa une main posée et vint s'asseoir sur ses genoux. Elle portait une petite robe beige. Richard eut l'intuition stupide qu'elle ne portait pas de culotte. Elle lut sans son autorisation un passage de son livre sur l'écran. C'est incroyablement bon dit-elle, tu te sous-estimes trop Richard, tu es un génie. Un génie bougonnant mais un génie tout de même, ajouta-t-elle en souriant et passant maintenant ses doigts dans les cheveux de Richard. Il glissa une main entre ses cuisses, une autre contre son cou et ils se mirent à s'embrasser. Il s'entendit penser que tout cela n'avait aucun sens. Il se mit à la caresser. Elle ferma les yeux. Jusqu'à ce qu'il leur semble entendre un bruit dans la cuisine. Elle posa sa main sur celle de Richard et lui fit emprunter le chemin inverse de celui qu'il avait pris quelques minutes plus tôt, le long de sa cuisse, jusqu'à son genou.

C'est n'importe quoi, dit-elle avec douceur en se relevant. Vis-à-vis de Myriam. J'ai honte, conclut-elle en portant sa main à la bouche.

Elle ressortit comme elle était venue. Il ne se produisit rien. Pas de cris. Pas d'effusions. Cette dingue et lui en avaient réchappé. Pour cette fois. Comment pouvait-elle le torturer de la sorte ? se demanda-t-il. Quel genre de femme était-elle finalement. Toujours assis face à son écran, les doigts paralysés sur le clavier, il sentit de la colère monter en lui, contre Nicole. Elle arrivait un peu tard. Fallait-il lui rappeler la manière dont cela s'était passé, quarante ans plus tôt, le choix qu'elle avait fait alors, la manière dont elle l'avait trahi ?

Il consulta par dépit son téléphone, ce qu'il faisait assez rarement ici. Une dizaine de messages provenant de numéros qu'il ne connaissait pas s'étaient agglutinés dans son portable depuis plus de dix jours. Il les effaça consciencieusement sans en écouter un seul. Puis se décida à composer le numéro de Paul. Il était quand même largement temps qu'il se soit remis au travail.

La sonnerie retentit une dizaine de fois dans le vide avant que quelqu'un, une femme, ne réponde.

Julie Ledassier, dit la personne d'un ton las.

Excusez-moi j'ai dû me tromper de numéro, dit Richard.

Vous êtes ? insista tout de même la jeune femme, qui devait être âgée d'une trentaine d'années, d'après sa voix.

Richard déclina son identité.

Vous êtes auteur ? lui demanda en réponse la fille.

Il répéta son nom et son prénom. Cela commençait à devenir insultant.

Vous êtes auteur c'est cela ? répéta-t-elle.

Tapez mon nom sur Google mademoiselle, si vous avez un doute, répondit-il, très irrité. Bon excusez-moi maintenant, reprit-il, mais je n'ai malheureusement pas le temps de parfaire votre culture générale, je souhaite parler à Paul, mon éditeur.

Il y eut un blanc.

C'est que... c'est que, monsieur, enfin Richard... Paul est décédé. Il y a dix jours. Personne ne vous a prévenu ?

Richard s'effondra littéralement sur sa chaise en se retenant au bureau.

Il y a dix jours… répéta-t-il, hébété.

Oui, une longue maladie, dit-elle assez froidement, les choses se sont accélérées assez brutalement, il a été hospitalisé de nouveau, mais il s'est éteint peu après.

…

Il l'entendit pianoter sur son clavier à travers le téléphone. Il aurait parié qu'elle avait tapé son nom.

Richard, oui, pardonnez-moi, nous sommes tous bouleversés. Je viens d'être nommée au poste de Paul. J'étais auparavant au marketing, au développement des réseaux sociaux. Dans une autre maison. Donc techniquement, je suis désormais votre éditrice. Ravie, lança-t-elle d'une voix faussement enthousiaste.

Richard raccrocha.

*

Le lendemain, Nicole proposa aux filles d'aller manger un morceau ensemble le soir, sur les hauteurs, à trois quarts d'heure de route. Emmanuelle était ravie. Même Nathalie se joignit à elles.

Édouard fit remarquer à Richard peu après leur départ qu'elles faisaient rarement autant d'efforts vestimentaires quand il s'agissait de sortir avec eux.

Soirée no limit, claironna Myriam en pénétrant dans l'établissement, suivie des trois autres. La suite fut à l'avenant. Elles commandèrent des planches de charcuterie et de fromages à gogo, et s'enfilèrent mojito sur mojito. Il n'était plus question de nourriture antioxydante et de jus détox. Le patron était ravi. Elles parlèrent beaucoup de leurs hommes respectifs, même Nicole, en se lâchant franchement sur leurs principaux travers. Seule Emmanuelle demeurait un peu plus sur la réserve.

Vers minuit, il ne restait plus qu'elles dans le restaurant. Le tenancier annonça que la loi s'arrêtait à la porte de son établissement et leur offrit des cigarettes tandis qu'il montait le volume de sa sono.

À minuit quarante-cinq, sur l'air de *New York avec toi*, de Téléphone, Nathalie, une clope dans une main, une bouteille de bière locale dans l'autre en guise de micro, dansait sur la table dans un nuage de fumée en suspension sous le plafond, tandis que Nicole, Emmanuelle et Myriam mimaient les choristes à ses pieds en hurlant à tue-tête.

Nicole et Myriam dormirent toutes deux dans le lit de Nicole, pour éviter que Myriam ne réveille Richard.

Annie passa un coup de fil à Nicole deux jours plus tard. Pour lui donner des nouvelles à transmettre aux autres et, d'après ce que confia plus tard Nicole à Myriam, lui dire de ne pas s'embêter avec l'importante somme d'argent que Bob devait encore à Jean.

*

Édouard s'aspergeait le cou sur la terrasse avec une bouteille d'eau. Il avait proposé la veille à Luka de venir faire un footing avec lui. Quand ils s'étaient retrouvés, Luka lui avait à peine dit bonjour et s'était élancé. En moins de trois minutes, il avait déjà pris cent mètres d'avance sur Édouard. Avant de rapidement disparaître de sa vue. Laissant un nuage de poussière derrière lui.

Tenace, Édouard, encore essoufflé, proposa opportunément d'inviter Luka et Emmanuelle à partager leur dîner. Il comptait relancer le jeune multimillionnaire sur ses projets de création de start-up. Nathalie, qui pour une fois avait daigné passer l'après-midi en leur compagnie, au point que Richard lui avait demandé sournoisement si sa batterie de portable était à plat, demanda à son compagnon d'ouvrir un peu les yeux et d'arrêter de vouloir réactiver une vie d'homme d'affaires parfaitement révolue.

Je suis une légende du business, ça tu ne le sais peut-être pas ma chérie, lui répondit-il fièrement.

Nathalie préféra enduire ses petites jambes grassouillettes d'huile bronzante plutôt que de lui répondre.

Moi je ne le sens pas ce mec, se risqua à dire Frantz, qui pour une fois faisait preuve de courage, son petit chien sur les genoux.

Oui mais il y a Emmanuelle, répondit du tac au tac Myriam, il y a Emmanuelle et c'est une fille adorable, un vrai rayon de soleil.

On les invite, avait tranché Nicole.

Richard ne se mouilla pas. Et puis il peinait à se remettre de l'annonce de la mort de Paul, suivie de celle de la nomination de cette jeune femme au poste d'éditeur, qui ne le connaissait visiblement même pas. Il n'avait pas réussi à partager ces nouvelles avec Myriam. Fidèle à sa propension prodigieuse à se trouver des excuses et se pardonner, il se dit que Paul avait probablement été bien entouré et que s'il avait voulu que Richard soit à ses côtés il aurait sans doute appelé, ou demandé qu'on le fasse pour lui, avant de se remémorer la dizaine de messages effacés sur son téléphone sans avoir été écoutés. Il n'allait quand même pas supplier cette éditrice de lire quelques-uns de ses romans. Il songea un moment à en profiter pour lui refourguer le manuscrit que Paul avait refusé avant sa mort, sans qu'il faille obligatoirement y voir un lien, une sorte de punition divine ou quelque chose du genre, mais il se souvint que, d'après ce qu'avait tenté de lui expliquer son vieux compagnon de route, son texte avait réuni l'unanimité du Comité éditorial contre lui. Dans l'après-midi, il essaya de se mettre au travail mais fondit en larmes. Il ressortit de son portefeuille une photo de Paul et lui, prise lors de la remise de son prestigieux prix littéraire. Il y a si longtemps. Sur le cliché Paul porte l'une de ses sempiternelles vestes en tweed. Il sourit franchement et tient son lauréat par l'épaule. Richard, lui, se force à afficher une mine réjouie sans y parvenir totalement. Sans savoir pourquoi, Richard trimballait cette photo sur lui depuis des années. Elle ne l'avait jamais quitté. Comme un talisman. Une preuve qu'il y avait eu des jours meilleurs, une époque où son talent avait été reconnu. Il fouilla dans le tiroir de son bureau, en ressortit une punaise, et accrocha le vestige le plus heureux de leur collaboration sur le mur, juste au-dessus de son ordinateur.

Nouveau printemps en automne, hiver repoussé au plus loin dans les saisons de la vie, Richard ne supportait plus ces métaphores saisonnières. On vieillissait, voilà tout. Nos corps vieillissaient, nos cellules vieillissaient, devenaient sénescentes, d'autres se faisaient éliminer par apoptose. On savait tout ça. Il n'y avait aucune raison de tourner autour du pot. Demeurait la question de ce que l'on allait faire de notre vie quand le corps commencerait à tourner foutraque. Richard en était là.

Ils arrivent, prévint Myriam, apercevant Emmanuelle au bras de Luka. La soirée se passa étonnamment bien. Luka n'était certes pas très bavard, mais demeura courtois. Multiplia les gestes tendres envers sa femme, dont le sourire faisait plaisir à voir. Elle riait, faisait de grands gestes, écoutait avec tendresse Nicole et Myriam lui parler de leur jeunesse. Même Nathalie, engoncée dans un bermuda blanc manifestement trop petit pour elle, semblait apprécier la compagnie des autres femmes de la bande. Luka prenait l'hélicoptère comme d'autres prenaient le taxi, il avait obtenu sa licence de pilote en Serbie, il y a peu. Prudemment, personne n'alla plus loin sur le sujet. Édouard essaya de placer ses pions mais l'humeur n'était pas à parler business. La soirée se finit relativement tôt.

Emmanuelle leur rendit visite le lendemain en début de soirée.

Ah, elle vient seule, remarqua Myriam en la voyant arriver de loin.

On dirait aussi qu'elle vient de pleurer, ajouta Richard qui disposait encore d'une assez bonne vue.

La pauvre, dit Myriam en se blottissant dans les bras de son mari.

Tu ne mesures pas ta chance, plaisanta Richard.

Myriam l'embrassa. Ce qui n'était plus si courant.

Bien au contraire, le taquina-t-elle, je mesure parfaitement ma chance. Presque chaque jour, je l'évalue, généralement entre deux et trois sur dix.

C'est toujours mieux que rien, maugréa Richard.

Belle définition de l'amour, rétorqua Myriam en riant.

Elle n'avait pas tort. Richard se contentait bien souvent de ne donner que le minimum et Myriam ne méritait absolument pas cela. Richard avait souvent pensé qu'elle aurait été plus heureuse avec les trois quarts des types qu'ils connaissaient. N'étant pas suicidaire, il s'était jusqu'alors bien gardé de le lui dire. Il n'était pas très démonstratif. Il ne l'avait jamais été. Et tout le monde disait que c'était un frein à l'accomplissement d'une vie de couple harmonieuse. Trop de pensées sombres et de réflexions labyrinthiques occupaient son esprit en permanence. Pour se défendre, il disait à Myriam qu'ils étaient comme le soleil et la lune qui, pour opposés qu'ils soient, rythmaient par leur présence simultanée la vie sur terre. Sans parler de Nicole. Cette matière humaine hautement inflammable qui n'avait rien trouvé de mieux que de s'incruster au cœur de leur maison, de leur vie.

Ma poulette ? Ça va ? lui demanda immédiatement Myriam.

Emmanuelle présentait des bleus sur les bras. Et venait effectivement de pleurer.

Oui ça va, Luka et moi nous sommes un petit peu disputés en rentrant hier soir, c'est normal, nous sommes encore un jeune couple, dit-elle d'un air désolé, mais ce n'est rien, il est tendu à cause de son travail, c'est comme ça.

Peut-être que je peux l'aider, proposa instantanément Édouard, en sautant sur l'occasion, s'il a besoin d'un adjoint très expérimenté, pour le soulager, l'aiguiller dans le pilotage de sa boîte, je suis à sa dispo, n'hésite pas à lui en parler. Il ne faut pas qu'il ait peur de me solliciter, je serais très heureux de le guider dans le business.

Je le ferai, murmura-t-elle non sans avoir étouffé discrètement un début de fou rire. Malgré tout.

On voyait encore la marque des doigts de Luka au niveau de ses poignets.

Elle parvint difficilement à convaincre qui que ce soit que ça allait. Mais les plats s'enchaînèrent. Quelques bières fraîches et des rires ressurgirent. En fin de soirée, quand elle se mit à consulter frénétiquement sa montre d'un air inquiet, Myriam lui proposa de la raccompagner jusqu'à sa porte mais elle refusa. Avant de s'échapper dans un souffle. Un air de terreur sur le visage.

*

Tu cours à la catastrophe.

Ta gueule Bob, répliqua sèchement Richard, attablé, pour ne pas dire accablé, devant l'ordinateur de sa chambre. Rien ne venait ce matin. Il avait vite tendance à s'apitoyer sur son sort quand il réfléchissait à sa carrière d'écrivain. Oubliant qu'en dépit des hauts et des bas qu'il avait connus il y avait consacré sa vie, ce qui signifiait qu'il n'avait jamais mis les pieds dans un bureau, jamais inscrit quoi que ce soit sur un emploi du temps. Il y avait pire. Il suffisait qu'il évite de ressasser les meilleurs moments, qui commençaient à remonter à loin. Le cataclysme de son unique prix majeur remporté, et l'année et demie délicieuse qui s'était ensuivie, aussi douce que du miel dans une gorge irritée. Mais Paul était là. Il avait toujours été là. Que cela plaise ou non à Richard, que cela lui soit un soutien ou non, Richard savait qu'il pouvait l'appeler. Ce genre de choses comptait. Paul lui répondait de sa voix aimable, semblait systématiquement se réjouir de l'avoir en ligne, de prendre un café avec lui dans son bureau. Il écoutait Richard lui parler de ses projets de romans, de ses ambitions littéraires. Il grimaçait, faisait mine de s'étouffer, pouffait d'admiration parfois, levait les yeux au ciel mais en attendant il était là et Richard n'était plus seul. Richard existait en tant qu'écrivain.

Il était prêt à prendre l'avion s'il le fallait. Il proposa à Julie Ledassier de convenir d'une date pour se rencontrer. Le plus vite possible. Sauf que sa soi-disant nouvelle éditrice lui répondit sans détour qu'elle avait beaucoup de textes à lire, beaucoup de choses sur le feu, comme il devait s'en douter, et qu'il n'aurait qu'à lui expédier son manuscrit par la poste quand il l'aurait terminé. Par la poste. Il n'en était tellement pas revenu qu'il avait dit oui, qu'ils allaient faire comme cela.

*

La brise marine avait sans doute oublié ce petit recoin de l'île. Il faisait au moins quarante-deux degrés. Sans un souffle d'air. Richard ajouta beaucoup de glaçons à son verre de gin Mare pour se rafraîchir. Il sortit néanmoins sur la terrasse. Pour le plaisir d'apercevoir la mer. Les filles barbotaient en contrebas. Tentaient de sermonner leur jeune voisine et de la convaincre d'agir, de ne pas attendre que les choses dégénèrent avec Luka. Puis elles remontèrent se sécher. Emmanuelle, après leur avoir assuré que sa situation n'était pas critique, que les colères de son mari étaient vraiment très épisodiques, partit peu avant midi, pour préparer le repas de son homme. Richard, Nicole et Myriam se contentèrent de quelques tomates assaisonnées à la va-vite, et d'olives noires aux herbes. Il faisait tellement chaud. Ils n'avaient pas de nouvelles de Michel et Frantz, qui devaient se terrer prudemment dans la fraîcheur de leur salon climatisé, en compagnie de leur chien.

Richard fit une sieste dans le hamac. Il se réveilla deux heures plus tard. Mais ne bougea pas ni n'ouvrit les yeux. Nicole et Myriam étaient restées à table et discutaient à bâtons rompus d'Emmanuelle et de ce qu'elles devaient faire, à l'ombre du parasol. Jusqu'à en oublier totalement la présence de Richard, corps inerte engoncé dans le tissu de sa couchette à quelques mètres d'elles. La mention de son prénom, un peu plus tard, lui fit tendre l'oreille.

Oh tu sais moi cela fait longtemps que je ne lis plus les romans de mon mari, était en train de confier Myriam à son amie. Et encore moins ses manuscrits. De toute façon il n'est jamais content de lui. Je laisse passer deux jours, je lui dis deux, trois trucs bateau, je l'encourage, et cela va très bien comme ça. De là à lire ses livres oh non, crois-moi ma chérie, je me régale dix fois plus avec un bon polar.

Richard faillit s'étrangler dans son hamac. Il mordit même le tissu pour ne pas hurler de rage.

Nicole avait ri de bon cœur avec sa copine. Avant de confier d'une petite voix qu'en ce qui la concernait elle les avait tous lus, et Bob aussi. Ajoutant que son défunt mari lui faisait souvent la lecture des passages qu'il trouvait les plus extraordinaires.

Richard, dans un léger mouvement, joignit ses deux mains en signe de prière adressée à son ami. Qui n'avait donc pas que des défauts, en dépit de son succès public disproportionné. Même si cela n'atténuait en aucun cas la colère de Richard envers Myriam.

Il compta jusqu'à trois cent pour ne pas éveiller de soupçons, fit semblant de s'étirer pour simuler un réveil soudain et fit basculer ses jambes sur le côté.

Tu as sacrément bien dormi mon chéri, lui lança amicalement Myriam, on avait même oublié que tu étais là Nicole et moi.

Richard ne lui répondit pas. Il ne lui adresserait pas la parole avant que cela passe. Peu importe le temps que cela prendrait.

*

Michel n'arrêtait plus de tousser maintenant. En plein été.

Tu es sûr que tu n'es pas allergique aux poils de chien, suggéra Richard en désignant la petite masse informe, couchée aux pieds de son maître.

Arrête Richard, coupa Frantz. Je voudrais le faire rapatrier mais il ne veut pas, je l'emmène cet après-midi aux urgences de l'hôpital local. C'est quand même à deux heures de route, ajouta-t-il en pestant contre le relief escarpé de l'île qui rendait tout déplacement quatre fois plus compliqué que ce qu'un rapide calcul à vol d'oiseau, ou même kilométrique, laissait augurer.

Si seulement on avait un hélicoptère, plaisanta Édouard, qui venait d'arriver, toujours sans Nathalie.

Ils voyaient moins souvent Emmanuelle. Luka était là.

Richard, Myriam, il faut que vous m'aidiez, les interpella Nicole, son téléphone à la main, hystérique.

Qu'est-ce qu'il se passe ? demanda posément Myriam.

Les enfants, ma fille a demandé à venir avec ses quatre enfants. Quinze jours. Je ne lui ai pas dit que j'avais vendu la maison. Elle m'a appelée trois fois aujourd'hui. Je n'ai pas osé répondre.

Et il est hors de question qu'ils s'installent chez nous, ajouta Richard, avant de se faire fusiller du regard par sa femme.

Richard.

Ah non, cette fois non Myriam, protesta Richard, déjà que... déjà que... non c'est non, no way.

Non mais Richard a raison, coupa Nicole pour calmer le jeu, je n'en ai pas envie moi-même, pas maintenant, j'adore mes petits-enfants mais ce n'est pas le moment. Je ne me sens pas de... Elle se prit le visage entre les mains.

On va arranger cela, la rassura Myriam.

C'était entendu, tous les gens de leur âge adoraient leurs petits-enfants. Particulièrement en leur absence. Parce que quand il s'agissait de les accueillir, ils se trouvaient subitement submergés de tout un tas de problèmes à résoudre. Présentaient à leurs enfants d'un air contrit des situations toutes plus inextricables les unes que les autres auxquelles avec la meilleure volonté du monde ils ne voyaient pas le moyen de mettre fin. Au moins la plupart des membres de la bande échappaient-ils au problème. Frantz et Michel, Richard et Myriam parce que les choses ne s'étaient pas enchaînées de manière classique, et Édouard parce que ses enfants ne lui adressaient plus la parole depuis son divorce. Nathalie avait une fille. Aussi invivable qu'elle. Mais qui habitait heureusement en Australie. Restaient Nicole et Bob. Et le problème de leur fille et de ses quatre enfants. Dont certains parlaient vraiment très, très fort. Richard avait par le passé suggéré de leur faire subir un test auditif, provoquant l'ire de la fille de Bob et de son imbécile de mari. Alors que Richard ne cherchait qu'à rendre service.

Ce fut de Frantz que jaillit la lumière. Probablement déjà excédé par la perspective de passer la journée dans un hôpital de l'île alors qu'il était persuadé que Michel avait besoin de se faire examiner par de vrais spécialistes sur le continent, il se leva, se dirigea droit vers Nicole, lui arracha le téléphone des mains et s'enfuit en courant vers la plage à travers le jardin. Le téléphone adopta une très belle trajectoire convexe avant d'atterrir au fond de l'eau. Frantz remonta comme il était descendu, prestement, et déclara que le problème était momentanément réglé.

Richard applaudit le geste. Un moment stupéfaites, Nicole et Myriam finirent par éclater de rire et décréter une tournée générale de spritz en l'honneur de Frantz.

*

Bon an mal an cela prenait forme. Richard tenait deux pages d'hommage au grand, à l'immense et regretté Robert Walker. Pas trop dithyrambiques mais suffisamment élogieuses. Il refusait toujours de les faire lire à Nicole. Et prétendait qu'il était hors de question qu'il monte sur scène recevoir le prix. Accompagner Nicole deux jours à Cannes suffisait amplement. Il avait entendu Luka repartir ce matin, en forçant sur le démarreur de sa voiture de sport, à même pas cinq heures du matin. Emmanuelle, très discrète ces jours-ci, n'allait pas tarder à repointer le bout de son nez. Elle était comme un faible halo lumineux que l'on devine derrière une épaisse couche de nuages et dont on prie pour qu'il puisse s'agir du soleil, et qu'il transperce l'obscurité.

Richard était en train de faire des pompes sur la terrasse. Ses genoux étaient en compote, mais il lui restait des bras. Une flaque d'eau par terre menaçait de se transformer en petit lac. En tirant la langue, il aurait pu boire un litre de sa propre sueur.

Tu t'es mis au CrossFit Richard, à ton âge ? se moqua Nicole dans son dos.

Il voulut lui répondre une insanité mais il était déjà au bord de l'apoplexie. Elle ne trouva du coup rien de mieux que de s'asseoir sur son dos et de faire peser sur lui le poids de ses cinquante-cinq kilos. Peut-être moins.

Allez Richard, dix comme ça, l'encouragea-t-elle.

Elle se trompait de siècle si elle pensait qu'il avait la moindre chance d'y arriver. Ses bras lâchèrent en moins de trois secondes et il s'affala sur le sol. Toujours chevauché par Nicole.

Je t'en prie Nicole, pars de là, murmura-t-il.

Tu me déçois Richard, dit-elle en faisant passer l'une de ses jambes de l'autre côté.

Richard était incapable de bouger. L'idée même de se relever lui faisait mal. Peut-être qu'il faudrait dans plusieurs heures, à la tombée de la nuit, que quelqu'un lui dépose un morceau de poulet et une gamelle d'eau devant la bouche, à même le sol, pour qu'il se sustente. Avant de lui mettre une couverture sur le dos, en attendant le lever du jour.

Tu as entendu un craquement ? Hein Nicole, tu as entendu un craquement ? demanda-t-il fébrilement, toujours immobile.

Oui un grand craquement, terrible, à l'intérieur de ton cerveau.

Arrête idiote, réponds-moi.

Ciao Richard, je vais me faire un thé.

Tu peux aller te faire foutre avec ta cérémonie de remise de prix, hurla-t-il de rage à son encontre avant de pousser un long râle, terrassé par l'effort que son invective lui avait demandé. Il n'y croyait toujours pas cinq minutes plus tard. Elle buvait son thé à deux mètres de lui, assise à table. Il compterait jusqu'à trente puis il essaierait de se faire rouler sur le côté.

La mer est magnifique Richard, tu devrais voir ça, dit-elle.

Je vais te faire voir le fond si tu continues, la menaça-t-il.

Un quart de tour plus tard, il était sur le dos. Quand le chien de Michel et Frantz se mit à lui lécher le cuir chevelu puis l'oreille droite, il sut qu'une chance s'offrait à lui. Évidemment on ne savait pas où était Myriam.

Michel ? Michel ?

C'est Frantz.

Ah Frantz tu es là, sauve-moi, cette demi-folle vient de me briser le dos.

C'est toujours mieux que le cœur, rétorqua-t-il immédiatement.

Bascule encore sur le côté, je vais te masser un peu pour détendre tout cela.

Ce type avait un prénom allemand mais des mains d'ange. Il l'aida ensuite à se remettre sur pied. Richard avait l'impression d'être passé sous un camion.

Si je n'avais pas peur que tu tombes instantanément amoureux de moi je t'embrasserais, dit-il à Frantz en guise de remerciement.

Rassure-toi mon chou, il y a de la marge avant qu'une telle chose se produise.

Méfie-toi Frantz, au rythme où vont les choses...

Richard foudroya Nicole du regard en s'asseyant précautionneusement à table. Myriam jaillit comme par enchantement de la chambre en déclarant qu'elle n'avait pas aussi bien dormi depuis très longtemps. Sa sempiternelle bonne humeur avait quelque chose d'insupportable. Pendant qu'elle s'émerveillait à longueur de temps, le monde épuisait chaque année un peu plus tôt son stock de réserves naturelles, des enfants syriens pleuraient la mort d'un frère, d'une sœur, des amis de quarante ans mouraient ou devenaient à moitié dingues, des éditeurs même s'éteignaient dans l'indifférence des auteurs qu'ils avaient servis durant des années et on les remplaçait par des filles de moins de trente ans sorties d'écoles prestigieuses dans lesquelles on faisait comme si aucun livre digne de ce nom n'avait été publié depuis la fin du dix-neuvième siècle.

Richard s'appuya sur le rebord de la table et se leva. Nicole ouvrit la bouche pour parler mais avant qu'elle n'ait le temps de le faire Richard menaça de l'emmener nager sous l'eau avec un sac poubelle noué autour de la tête si elle prononçait le moindre mot. Myriam se demanda ce qui avait encore bien pu se passer. Il aurait fallu qu'elle soit complètement stupide pour ne pas voir que la mort de Bob avait libéré quelque chose de puissant entre eux. Elle ne pouvait dire de quoi il s'agissait exactement, mais une sorte de chimie semblait avoir été réactivée. Elle ne leur en voulait pas tant que cela. Elle voyait bien que l'un comme l'autre déployaient de louables efforts pour lutter contre. Pour autant, les boutons d'acné en moins, il lui semblait parfois assister à des jeux amoureux d'adolescents, en plein été. Cela commençait à devenir un tout petit peu pénible et Myriam n'entendait pas que cela dégénère. Que cela aille beaucoup plus loin et que leur relation devienne un problème. Myriam était douce certes, relativement accommodante, mais en aucun cas ils ne devaient compter sur elle pour se révéler complice de quoi que ce soit. Elle se demandait depuis quelque temps si les angoisses permanentes de Richard n'avaient pas aussi un peu à voir avec sa propre attitude maternante vis-à-vis de lui. Si cela avait été une idée judicieuse de le tempérer en permanence. Ce qu'il serait devenu si elle avait alimenté le brasier au lieu de ramener la lance à incendie au premier départ de feu. Jusqu'à ce qu'elle en conclue qu'il serait mort à l'heure qu'il est. Voilà ce qui se serait passé. Sans moi, il n'aurait pas survécu à ses démons. Elle ne devait pas douter d'elle-même. Elle était le bien, il était le désaxé. Elle était la meilleure chose qui lui soit arrivée. Et l'inverse était vrai aussi, dans une certaine mesure. En dépit de tout, de son caractère compliqué. Richard lui avait amené ce grain de folie. Il avait contribué à lui faire prendre conscience chaque jour à quel point la vie pouvait se révéler merveilleuse, à côté des ténèbres, et combien un pas en avant pouvait tenir de l'exploit quand on marchait sur un fil. Il avait insufflé de l'héroïsme à son existence en la forçant à se tenir en marge. Rien ne coulait de source avec lui. Tout devait se gagner. Tout menaçait de s'effondrer à la seconde d'après. Jamais elle ne se sentait aussi vivante que dans le sillage de Richard.

Il se demanda si Myriam plaisantait quand elle lui proposa d'avaler quelques granules et de s'appliquer un complexe d'huiles essentielles pour soulager son dos. Propose plutôt du Tranxène à ta copine cinglée, répliqua-t-il avant de se traîner jusqu'à son bureau, courbé en avant, les mains sur le bas du dos pour essayer, vainement, de contenir la douleur. Il devait modifier de quelques millimètres sa position sur sa chaise toutes les trois ou quatre minutes, à cause de Nicole. Il lui fallut presque une heure et demie pour chasser cette femme maléfique de son esprit et pénétrer à nouveau au cœur de son roman. Avant de laisser dérouler les phrases sur son écran, comme un torrent de boue au départ, puis en un système d'irrigation bien huilé au fil des corrections.

Il ne bougea pas avant le milieu de l'après-midi. S'il comptait bien, il avait sans doute atteint le premier tiers. Le socle. Il s'arrêterait là, relirait l'ensemble avant d'écrire la moindre ligne supplémentaire, et normalement la suite coulerait de source. Dans quelque temps, nous nous dirons que tout cela n'aura été qu'une sale période, même la pire de notre vie, venait d'affirmer l'un de ses personnages pour clore la première partie du livre. Richard pria pour qu'il en soit de même pour eux tous. L'intensité du soleil l'aveugla lorsqu'il mit un pied sur la terrasse irradiée de chaleur. Michel et Frantz bouquinaient à l'ombre, deux grands verres d'eau glacée infusée à la menthe et au citron posés chacun sur la table devant eux. Une forme oblique habitait le hamac. Nicole. L'enceinte de Frantz diffusait un album d'Ólafur Arnalds, en sourdine. Richard alla se servir un grand verre d'eau fraîche qu'il but en avalant une forte dose d'ibuprofène. Myriam et Emmanuelle revinrent de baignade, une serviette nouée autour de la taille. La jeune femme portait des lunettes de soleil Oliver Goldsmith Manhattan qui lui recouvraient presque la moitié du visage. Il proposa de leur servir une citronnade. Myriam secoua ses cheveux à quelques millimètres de Richard pour l'embêter. Il grogna mais ne dit rien. Il avait bien avancé sur son manuscrit. La satisfaction temporaire qu'il en retirait lui permettait d'accepter plus de choses qu'à l'accoutumée. À son tour, Emmanuelle inclina sa tête en arrière pour repousser ses cheveux et les fixer à l'aide d'un petit élastique. Ses lunettes de soleil chutèrent sur la table. La même stupeur les frappa tous simultanément. Un énorme coquard entourait son œil gauche, maculé de rouge au-dessus des paupières, jaune et violacé en dessous.

Je ne veux pas en parler, dit-elle brutalement, en replaçant immédiatement ses lunettes sur le nez.

Ah ça ma cocotte cela ne va pas être possible, lui rétorqua tout de go Myriam. Ça ce n'est pas une option.

Elle ne chercha pas à fuir le sujet. Juste à le minimiser.

C'est comme ça, Luka est un garçon sanguin, mais c'est bon, je vous l'ai dit je gère, affirma-t-elle d'une voix faible, tête baissée. Et je l'aime.

Là n'est pas la question, coupa Nicole, qui venait de quitter le hamac pour s'asseoir près d'elle et passer la paume de sa main sur la joue d'Emmanuelle. Il faut aller voir la police. Il n'y a rien d'autre à faire.

Son père est magistrat à la Cour de justice européenne. Dieu sait comment il a obtenu un tel poste, dit-elle d'une voix blanche, il a le bras long, il ne se passera rien. J'ai déjà essayé.

Les filles et Frantz tentèrent de la convaincre de toutes les manières possibles mais rien n'y fit. Le monstre. Édouard et Nathalie les rejoignirent pour le repas du soir. On parla d'autre chose devant Emmanuelle, sans excès. Myriam lui proposa de rester dormir chez eux. La brute s'en était allée de toute façon. Elle avait quelques jours devant elle. Pour récupérer. Réfléchir. Prendre la bonne décision, insista Nicole. Sans quoi les trois femmes prendraient les choses en main dès le retour de voyage de Nicole et Richard. Emmanuelle s'endormit tout contre son amie, de trente-cinq ans son aînée. Blottie contre elle comme un enfant qui vient de faire un cauchemar.

*

J'ai les billets. On part à Cannes demain, rappela Nicole à Richard, qui revenait de son footing matinal. Tu as bien ton texte hein ?

Oui, ça va. J'ai un truc, la rassura-t-il. On verra bien. Tu me diras. Je te le filerai à l'hôtel avant la cérémonie, répondit Richard. Tu as réservé les chambres ou c'est l'organisation qui s'en occupe ?

Ce sont eux, répondit Nicole, j'ai exigé d'avoir deux chambres communicantes, ajouta-t-elle, en baissant le ton et lui adressant un clin d'œil.

N'y pense même pas, répondit Richard en déployant des efforts incommensurables pour avaler sa tasse de café sans s'étouffer.

J'appréhende, confessa-t-elle. Mais bon, je n'allais pas leur dire non quand même, se défendit Nicole, vis-à-vis de Bob...

Ben oui, faut penser à faire fructifier l'héritage, persifla Richard, préparer les coffrets DVD et les rééditions.

Il reçut une gifle assez cinglante en plein visage. Avant que Nicole ne s'enfuie en pleurant.

Franchement c'était mieux. Qu'elle lui en veuille à mort. Juste avant le départ. Cela rendrait les choses plus faciles sur place.

Richard sentit les mains délicates de Myriam enserrer sa taille et son visage s'appuyer contre son dos. Encore légèrement sensible à cause de l'imbécillité de l'autre jour de Nicole.

Ça va chéri ?

Ça va. Je viens de parler à Nicole. Elle est très nerveuse. Je ne le sens pas du tout, ce voyage.

Mets-toi à sa place, tempéra Myriam. Tu sais je trouve qu'elle ne se plaint pas beaucoup, qu'elle n'en fait pas des caisses honnêtement. Avec la place que Bob prenait dans leur vie. Tout ce qui peut le faire revivre est bon à prendre pour elle, si tu veux mon avis.

Peut-être, concéda Richard, les yeux plongés dans l'horizon.

Il n'y avait presque pas de vagues aujourd'hui. Les bateaux n'allaient pas tarder à sortir du port.

Tu te rends compte de ce que je ressentirais si tu venais à disparaître avant moi, ajouta-t-elle, l'air grave.

Un énorme ouf de soulagement ?

Arrête Richard. Je ne te survivrais pas. Je mourrais en quelques semaines crois-moi.

On se demande pourquoi, commenta sincèrement Richard, en pensant au piètre compagnon qu'il était, au mari maladivement absent qu'il était, à l'homme moyen qu'il parvenait seulement à être dans ses meilleurs jours.

Parce que je t'aime, déclara Myriam en l'invitant à lui faire face avant de tendre son cou vers lui pour qu'il l'embrasse.

Ce qu'il fit tendrement.

*

Elle avait posé sa main à plusieurs reprises sur l'avant-bras de Richard durant le vol. À la moindre secousse. Il s'était même demandé si elle n'en faisait pas un peu trop. Le vol durait heureusement moins d'une heure et demie. Richard enragea quand il constata qu'une limousine avec chauffeur les attendait à l'aéroport. Le monde du cinéma et du théâtre ne se refusait rien. Il se dit que la profession d'écrivain était vraiment la seule à présenter autant de décalage entre la fascination qu'elle suscitait et la reconnaissance financière dont ses acteurs jouissaient. Il connaissait un type à trente mille minimum – personne ne le disait mais entre auteurs, on se jaugeait au nombre d'exemplaires vendus – qui cachetonnait en douce en participant à des conférences pour chefs d'entreprise durant lesquelles il disposait de vingt minutes de temps de parole pour « tout dévoiler sur les secrets d'un bon storytelling », et rédigeait dans une agence de communication détenue par sa femme des textes à vocation publicitaire. Ce type, au physique nettement plus agréable que son style littéraire, faisait la couverture de tous les magazines culturels branchés. Il avait l'immense bonheur de posséder une vraie tête d'écrivain. Avec ce qu'il fallait de dédain et de mystère dans le regard, des chemises idéalement coupées pour incarner la fonction, un port de tête qu'il avait dû passer un temps fou à travailler devant la glace de sa salle de bains au lieu de corriger ses phrases bancales, et des cheveux tirant sur le blanc légèrement poivré, savamment coiffés en bataille pour véhiculer l'idée qu'il se creusait la tête des heures durant sur ses manuscrits. Alors que, pour l'avoir croisé un jour dans un raout à l'occasion de la rentrée littéraire, Richard savait qu'il passait surtout l'essentiel de son temps près de la machine à café de sa maison d'édition, à reluquer et tenter d'attirer l'attention des libraires de passage, toutes âgées d'au moins trente ans de moins que lui. Richard possédait ses propres atouts, d'une certaine manière. Mais il n'avait pas l'air sympathique. Il n'avait jamais eu l'air sympathique. Du temps de son succès on n'osait pas l'aborder, et aujourd'hui on n'en avait simplement plus envie.

Le chauffeur les déposa devant l'entrée d'un hôtel de luxe. Sur la Croisette. Nicole avait l'air parfaitement à son aise. Elle portait une petite robe noire moulante et des escarpins. Une tenue parfaitement adaptée à la situation. Il était très important dans ce milieu de s'en tenir au rôle que l'on vous avait confié, même en dehors des plateaux. Il y avait la folle de service, le beau dépravé, l'ultrasensible dépressif, le comique tragique, l'alcoolique drolatique, bref une place pour chacun. Richard ne fut pas surpris de la facilité avec laquelle elle se glissait dans le rôle de veuve éplorée, qu'elle était par ailleurs.

Il avait tenté avant le départ de refiler sa place à Emmanuelle. Elle avait été mannequin, elle aurait été parfaite sur scène pour lire le texte de Richard sur Bob et, qui sait, aurait peut-être pu se faire remarquer par un metteur en scène ou un réalisateur; mais ils avaient vite compris que si Luka l'apprenait ce ne serait pas juste avec un coquard sous l'œil qu'elle leur reviendrait, si jamais elle s'en sortait vivante. Il y avait un premier cocktail donné en l'honneur du grand Robert Walker dans deux heures. Le salon d'honneur de la mairie avait été réservé. Quelques répliques de ses plus grandes pièces y seraient lues par de jeunes comédiens et comédiennes sur une minuscule estrade montée pour l'occasion. Richard espérait secrètement qu'il y aurait du gin de bonne marque plutôt que les sempiternels champagnes milieu de gamme dont ce genre de manifestations regorgeaient.

Le premier adjoint à la culture rendit un hommage vibrant à Bob. L'édile n'avait aucun talent. Multipliait les phrases alambiquées, les citations savantes et enchaînait les poncifs inhérents à ce genre de discours. Les minutes s'écoulaient comme des heures. Richard transpirait à grosses gouttes dans son costume. Les yeux rivés au bar, il ne remarqua pas tout de suite que Nicole s'était mise à pleurer, puis hoqueter à son bras. Un calvaire. Il plaça son bras autour de sa taille en signe de réconfort. Une armée d'étudiants en BEP cuisine, cintrés dans des tenues pas forcément taillées pour eux, patientaient derrière les tables, les mains derrière le dos. Dans à peine dix minutes, dans le meilleur des cas, une petite centaine de notables très bien élevés se rueraient sur eux comme une bande de gosses de rues du fin fond du Venezuela pour exiger verres d'alcool et petits-fours avalés à la va-vite afin de pouvoir recharger au maximum avant de regagner le cœur de la salle. À l'issue du discours du maire, Nicole alla chercher une petite statuette ridicule, dont le socle portait les logos et de la ville, et de la région, et du département, mais pleura tellement qu'elle ne parvint pas à sortir un mot. Richard comprit mieux pourquoi on l'avait embringué de force dans cette aventure.

Il fila en douce et regagna à pied le bar de l'hôtel. Il avala trois cocktails d'affilée, accompagnés d'olives à l'orientale et de noix de cajou aromatisées à la truffe. Il mit tout sur la note de la chambre de Nicole et signa de son nom à elle, des fois que ce type d'extras ne soit pas pris en charge par l'organisation. Ayant fait faux bond à Nicole, il ignora prudemment les messages de Myriam qui cherchait à savoir s'ils étaient bien arrivés et comment cela se passait. Agréablement éméché, il se dirigea ensuite vers les ascenseurs dorés et alla s'allonger sur son lit king size, ne prenant la peine d'enlever que ses chaussures, sa veste et son pantalon. Richard envisageait sérieusement de se lever pour augmenter le volume de la climatisation quand la voix de Bob lui demanda d'assurer désormais un rôle protecteur vis-à-vis de Nicole.

Hein, promets-le-moi Richard, tu vas bien prendre soin d'elle, insista-t-il.

Tu sais bien que ce que tu me demandes est impossible Bob, répondit-il.

Je t'en prie, fais un effort, fais-le pour moi. Mon ami.

Tu me fais marrer Bob, tu n'as vraiment peur de rien. Tu n'as pas un peu l'impression que cela fait quarante ans que je fais des efforts. Vis-à-vis de vous deux. Tu as oublié ?

Je sais Richard, mais je te le demande quand même.

Arrête avec ta voix d'acteur de série télévisée de milieu d'après-midi, coupa Richard.

Richard, répéta Bob avec autorité.

Je vais y réfléchir. Je ne te garantis rien Bob. Je trouve que je donne déjà pas mal.

Tu ne dors pas chéri ?

Sa conversation avec Bob venait opportunément d'être interrompue par un appel de Myriam auquel il avait cette fois consenti à répondre.

Non j'ai trop chaud.

Il n'y a pas la clim dans ton hôtel ?

Il faudrait que je me lève.

Nicole n'est pas là ? Elle est dans sa chambre ? demanda-t-elle, méfiante.

Je ne crois pas, répondit Richard d'une voix lasse.

Va prendre une douche tiède chéri, cela te fera du bien.

J'y pense sérieusement, dit Richard. Bonne nuit Myriam.

Bonne nuit.

*

Il crut dans un premier temps qu'il s'agissait d'une mouche. Mais ce qui l'avait tiré du sommeil était une paume de main caressant sa joue. Il se tourna vers le réveil électronique de sa table de nuit. Il était minuit vingt. Basculant sur lui-même, il constata que la main appartenait à Nicole, allongée à côté de lui sur le lit, plus ou moins habillée.

Ça y est tu te réveilles, lui dit-elle le plus naturellement du monde, d'une voix douce. Tu es fatigué de fuir ? De m'abandonner en plein milieu d'une cérémonie et de prendre la poudre d'escampette au mépris de toutes les conventions et des engagements pris auprès de Myriam ?

C'est l'émotion Nicole, c'est l'émotion qui me terrasse, murmura le plus sérieusement du monde Richard d'une voix rauque. Tout en faisant basculer ses jambes et s'asseyant sur le rebord du lit, contre la table de chevet, dos à Nicole.

Ne te fous pas de moi, dit-elle.

Mais d'abord qu'est-ce que tu fais là Nicole, tu as perdu la clef de ta chambre ?

Il la sentit baisser les yeux, dans son dos. Il alla dans la salle de bains et se passa de l'eau sur le visage.

On va manger quelque part ? lui proposa-t-il de retour

dans la chambre. Nicole s'était levée à son tour et se tenait face à la fenêtre, en petite culotte et marcel. Elle avait écarté d'une main le voilage et regardait dehors. Elle fit volte-face.

Maintenant ? En pleine nuit ?

On est à Cannes non ? dit Richard d'une voix de stentor.

Laisse-moi deux minutes, je repasse dans ma chambre et on y va.

Il était presque une heure du matin.

Ils marchèrent le long de la jetée jusqu'au palace suivant. Nicole portait un jean et un petit haut beige Dior, orné d'une dizaine de roses rouges, de tailles différentes, brodées sur le devant. Six ou sept tables étaient occupées, malgré l'heure avancée, par des types exaltés accompagnés de somptueuses jeunes femmes, mutiques. Nicole hésita à commander un Perrier tranche mais, au mépris de tous ses principes, et nonobstant les bienfaits extraordinaires des jus de chou kale dont tous les top models vantaient les mérites à longueur de magazines féminins, omettant le plus souvent de mentionner dans leurs recettes forme/santé la cocaïne dont elles s'inondaient parallèlement le nez, elle se retrouva avec une vodka martini posée sur la petite table basse devant elle. Richard se rabattit sur un sobre gin tonic – il n'était pas là pour faire le malin – qui agissait généralement sur lui comme un comprimé de vitamine C enrichi au guarana. Profitant de ce qu'à cette heure-ci ses patrons avaient sans doute quitté les lieux pour aller grappiller quelques heures de sommeil chez eux le barman mit en musique de fond un live de Johnny O'Neal, ce qui ravit Richard qui ne comprenait toujours pas comment la réputation de ce génie avait pu ne pas traverser l'Atlantique.

Richard regardait Nicole plus qu'il ne parvenait à l'écouter. S'il voulait bien faire preuve d'honnêteté deux minutes, elle n'avait cessé au fil des années d'exercer une sorte de fascination sur lui. Bob était mort, et il considérait qu'il pouvait à nouveau poser ses yeux sur elle. Même si la douleur restait la même. Il débordait d'idées pour la suite de son roman et, n'ayant pas de calepin sur lui, se répétait certaines tournures de phrases plusieurs fois dans la tête pour être certain de ne pas les oublier avant de pouvoir les retranscrire. Il prit rapidement un deuxième gin tonic. Elle avait mis de très jolies boucles d'oreilles. De minuscules anneaux argentés. Lorsqu'elle lui avait brisé le cœur, des années plus tôt, il avait cru, comme tous les autres, qu'il s'en remettrait. Que le temps ferait son œuvre, qu'il était encore jeune. Elle continuait de parler de Bob, beaucoup. Avec des étoiles dans les yeux. Évitait difficilement de pleurer. Riait parfois.

Tu n'imagines pas à quel point il admirait ton travail.

Richard leva les yeux au ciel.

Tu ne me crois pas ?

Non, si, excuse-moi Nicole, ah bon, première nouvelle.

Enfin Richard, tu le savais bien tout de même.

C'est sans doute pour cela qu'il n'a jamais adapté aucun de mes textes en pièce de théâtre, lui rappela pourtant amèrement Richard.

Cela n'a rien à voir, coupa-t-elle.

Si tu le dis.

Richard, dit-elle, arrête de faire l'enfant, tu veux que je te dise vraiment pourquoi il ne l'a jamais fait ?

Vas-y, il y a prescription maintenant, répondit-il, tout en se tortillant nerveusement sur son fauteuil club, baladant son regard sur les étagères à bouteilles du bar, juste devant un grand miroir, pour éviter d'avoir à affronter celui de Nicole.

C'est justement pour cela, déclara-t-elle gravement, la réaction que tu as en ce moment. Bob était terrorisé à l'idée que cela ne marche pas, que ce soit un four, que les critiques assassinent la pièce. Pas pour lui, il s'en foutait. Mais pour toi. Pour ne pas te blesser ou, pire, te détruire. Il ne se le serait jamais pardonné. Tu étais son ami. Son meilleur ami. Plus que cela même.

C'était réciproque, murmura Richard la voix étranglée, contenant à grand-peine un sanglot.

Au fond cela n'a jamais été aussi simple que nous avons bien voulu le prétendre, entre nous trois, nous quatre même, poursuivit Nicole. Je suis restée celle qui t'a quitté pour ton meilleur ami et Bob celui qui a trahi son presque frère. Avec Myriam, au milieu, dans un rôle de quasi sainte, qui a essayé de construire quelque chose avec toi, une vie, sur ces bases viciées. Pendant qu'inconsciemment tu t'échinais à nous faire payer chaque jour la blessure que nous t'avions infligée.

Ne dis pas ça, murmura Richard, les choses arrivent comme elles le doivent, c'est tout, on ne va pas refaire l'histoire.

Je l'ai aimé dès la première seconde de notre rencontre, reprit-elle, je m'en souviens comme si c'était hier, j'ai immédiatement su que c'était lui, et jusqu'à son dernier souffle la force de notre amour est restée intacte. Je te demande pardon Richard. Ne crois pas que j'aie cessé de nourrir des sentiments pour toi pour autant, à ma manière. Jamais. Et s'il te plaît ne me demande pas comment cela est possible.

Richard, comme pétrifié par ce qu'il venait d'entendre, alluma maladroitement une cigarette à l'intérieur du bar, en dépit de tous les interdits. Avec néanmoins l'assentiment du barman, qui lui fit un petit geste signifiant qu'il pouvait en fumer une, mais une seule, avant de revenir dans les clous.

J'ai longtemps attendu ces mots, lâcha-t-il finalement, en plantant ses yeux dans ceux de Nicole.

Bob et moi n'avons jamais cessé de nous sentir coupables, tout au long de ces années, vis-à-vis de toi, insista-t-elle.

Tu veux que je vous plaigne, grogna alors Richard, en éteignant la deuxième clope qu'il venait de s'allumer après avoir croisé à nouveau le regard du barman.

Non, mais il fallait que je te le dise Richard. Et puis il ne faut pas noircir le tableau. Tu as été heureux aussi de ton côté, avec Myriam, tu as quand même eu la chance de tomber sur une femme extraordinaire, que j'aime tellement, qui est plus qu'une sœur à mes yeux.

Elle est incroyable, dit Richard, les yeux embués.

Alors trinquons à Myriam, et à Bob, proposa Nicole en levant son verre.

Comme ils n'avaient rien avalé depuis dix-huit heures et ingurgité plusieurs cocktails d'affilée, ils peinèrent à aligner leurs verres pour les faire s'entrechoquer en douceur.

On marche un peu ? proposa soudainement Richard.

Volontiers monsieur, répondit-elle en lui offrant un magnifique sourire.

Elle passa sa main au bras de Richard et ils déambulèrent le long de l'eau, invisible malgré les lumières de la ville, à part quelques reflets argentés à la pointe des vagues. Mais on l'entendait, on entendait ses maigres rouleaux s'échouer contre les rochers. Ils finirent par se passer les mains autour de la taille, sans s'arrêter de marcher, lentement. Elle se positionnait face à lui, quand il la faisait rire. Ils entrèrent dans un bar branché infesté de jeunes mannequins, d'Ukrainiennes magnifiques, d'apprentis acteurs et de vieux nababs persuadés que l'affaire Weinstein et MeToo ne seraient bientôt qu'une douloureuse parenthèse avant le retour du business as usual.

Nicole se mêla à la foule et se mit à danser au milieu de jeunes gens absolument pas rebutés par leur écart d'âge ; ébahis devant la grâce dont cette femme faisait preuve sur la piste. Richard, accoudé au comptoir, s'enfila quelques bières, histoire de ralentir en douceur. Nicole lui jetait régulièrement des regards amusés. Il lui en sut gré. Quand elle sentit que Richard allait s'éclipser discrètement, la laissant à nouveau seule, elle le rejoignit et lui dit simplement qu'ils y allaient.

Ils regagnèrent leur hôtel d'un pas peu assuré aux alentours de cinq heures du matin. Quand ils arrivèrent devant leurs portes respectives, il fut assez clair que Nicole n'avait aucune intention de sortir sa carte de chambre de son sac. Richard poussa la lourde porte, et alla directement dans la salle de bains s'asperger le visage d'eau fraîche, tout en déboutonnant sa chemise. Quand il revint dans la chambre, Nicole était dans son lit, en petite culotte, seins nus. Elle le regardait. Il se mit en caleçon et s'allongea précautionneusement dans le lit, lui tournant le dos. Il se mordit un moment les lèvres avant de parvenir à fermer l'œil.

*

Richard eut la bonne surprise en se réveillant, sur le coup de dix heures, d'être seul. Il alluma machinalement son portable, et constata qu'il avait reçu trois appels de Myriam. Dès que sa voix se serait éclaircie, il la rappellerait. Il descendit prendre son petit déjeuner, agrippant un journal au passage. Peu d'activités lui procuraient autant de plaisir que de petit-déjeuner dans un hôtel de luxe, son quotidien favori entre les mains, sans personne face à lui. Il remonta vers onze heures trente, sortit sur le balcon de la chambre, face à la mer, et appela sa femme.

Ça va chéri ? J'ai eu Nicole, elle m'a dit que vous aviez passé une bonne soirée hier, et qu'elle t'avait même forcé à entrer dans un bar pour danser.

Oui, je crois que ton amie s'est juré de faire de ces deux jours un calvaire. Et le plus dur reste à venir, soupira Richard.

Ça va aller, tu vas t'en sortir Richard. Ils diffusent la cérémonie à la télé ce soir, on se réunit chez Édouard pour vous regarder.

Puisse un orage violent pulvériser d'ici là l'antenne-relais, plaisanta Richard.

Arrête de dire n'importe quoi, pense à Bob, pense à tout ce qu'on a vécu avec lui, tous ces moments extraordinaires, dis-toi que tu t'exprimes en notre nom à tous.

Myriam, je suis écrivain, lui dit-il sèchement, je ne parle au nom de personne, rien de ce que je dis ou n'écris n'engage qui que ce soit d'autre que moi.

Tu vas faire quoi aujourd'hui ? dit-elle alors, ignorant le discours pompeux de Richard.

Rien, répondit Richard, je vais rester dans ma chambre, boire de l'eau et travailler sur mon livre.

Je t'embrasse.

Moi aussi Myriam... tu... tu me manques, lui déclara Richard, soudain terrassé par une profonde émotion.

Tu fais un AVC ? Tu veux que j'appelle les secours ? répondit Myriam en riant franchement.

Va te faire foutre.

*

Non Nicole, ce n'est pas la peine d'insister, j'ai changé d'avis, je ne te ferai rien lire avant la cérémonie, sauf si tu me signes un papier, là maintenant, attestant que c'est toi et non moi qui monteras sur scène recevoir le prix et lire le discours.

Tu sais bien que c'est au-delà de mes forces Richard.

Alors tu ne sauras rien de ce que j'ai prévu de dire, surprise, la taquina-t-il.

Tu m'énerves tu sais.

Elle revenait de trois heures trente de soins. N'importe qui jurerait qu'elle avait passé la soirée précédente à manger des légumes croquants et de la salade verte avant de prendre un long bain d'algues puis de s'octroyer une nuit de onze heures. Richard avait pour sa part une mine affreuse mais Nicole lui dit que ce n'était rien, qu'il se ferait maquiller sur place de toute façon. On part à dix-sept heures quarante-cinq, ajouta-t-elle.

Richard lui répondit qu'il la retrouverait en bas.

Il glissa le petit texte qu'il avait rédigé dans la poche intérieure de son smoking et descendit fumer quelques cigarettes sur le parvis. Il avait dix minutes d'avance au rendez-vous. Il était nerveux. Et toujours moyennement décidé à honorer le contrat qu'on lui avait fixé. Il décida d'aller faire quelques pas. Un SDF gisait au sol, à l'angle de la petite rue perpendiculaire à l'entrée de l'hôtel. Le type le regarda et Richard se dit qu'il avait été envoyé sur terre pour le sauver. Il engagea la conversation avec lui. Âgé de quarante-sept ans, il en paraissait au moins quinze de plus. Étant passé par un centre de secours trois jours plutôt, il portait des vêtements dépenaillés, mais relativement propres. Richard lui proposa, si ce n'était pas trop lui demander, de se lever. Le gars faisait miraculeusement la même taille que lui. Richard lui demanda s'il savait lire. Le type répondit qu'il était expert-comptable, avant de sombrer dans l'alcool.

Je vous file cinq cents euros, vous mettez mes vêtements, vous prenez mon badge, vous vous rendez au Palais des festivals, vous vous asseyez là où on vous dit de vous asseoir, vous ne parlez surtout pas à votre voisine de fauteuil et, lorsqu'on appelle ce nom, vous vous levez, vous montez sur scène et dites ce texte. Vous quittez les lieux immédiatement après. Cinq cents euros, répéta Richard, ça se prend non ?

Richard, non mais qu'est-ce que tu fous ? pesta Nicole, qui venait de le rejoindre.

Les deux hommes étaient déjà en train de se défaire de leurs vêtements respectifs, en pleine rue, pour les échanger.

Non mais ça va pas la tête. Vous, ordonna-t-elle en désignant le pauvre homme entraîné presque malgré lui dans la combine de Richard, vous lui rendez immédiatement ses vêtements et vous remettez les vôtres, non mais on croit rêver.

Elle attrapa ensuite fermement Richard par le bras et l'emmena à quelques mètres de là, devant l'entrée de l'hôtel, où une limousine les attendait. Elle le colla dans la voiture puis se saisit de son sac à main et retourna sur ses pas dédommager le type d'un billet de cent euros.

Je ne t'adresse plus la parole, lâcha-t-elle sur la route, tu ne me quittes pas d'une seule semelle jusqu'à ce que nous soyons dans le Palais des festivals.

Richard ne répondit rien. Il regardait la foule hétéroclite qui peuplait les trottoirs en cette période très particulière à laquelle la ville était exposée.

Ils entrèrent sans difficulté. Nicole saluait une connaissance tous les deux mètres. C'était infernal. Les gens lui prenaient brièvement la main. Lui offraient des regards compatissants. Nicole ne prenait même pas la peine de présenter Richard. Trop de colère encore, se dit-il. Il s'en fichait. Elle lui tenait discrètement le coude afin de pouvoir l'entraîner d'un groupe de personnes à l'autre sans qu'il n'en profite pour s'échapper. Ils passèrent ensuite au maquillage. Richard reconnut deux, trois personnes de sa maison d'édition, chargées des ventes de droits audiovisuels. Nicole appelait chacun par son prénom. Il n'avait sans doute jamais réalisé à quel point Bob et elle faisaient aussi pleinement partie de ce monde-là. Quand ils étaient entre amis, ni elle ni lui n'évoquaient par pudeur les fastes de leurs autres cercles de connaissances. Richard obtint qu'ils aillent se faire servir un verre au bar réservé aux VIP. Ce furent les seuls mots qu'ils échangèrent après sa tentative ratée de falsification d'identité. Comme à l'accoutumée, une nuée d'au moins cent cinquante personnes en barrait l'accès. Ils se faufilèrent patiemment jusqu'à n'être plus qu'à quelques dizaines de centimètres du comptoir.

Un long cauchemar que cette soirée, dit Richard à Nicole après s'être enfilé un whiskey cul sec.

Tu as bien ton discours avec toi ? lui répondit seulement Nicole, toujours passablement énervée contre lui, et de plus en plus anxieuse.

Richard porta la main à sa poche et, après avoir constaté que celle-ci était vide, que son bout de papier n'y était plus, réalisant alors qu'il avait omis de le reprendre au clochard à qui il l'avait confié avant de rééchanger leurs vêtements à la suite de l'intervention de Nicole, il lui répondit d'une voix assurée que oui bien sûr il l'avait toujours avec lui.

*

Les choses auraient pu être bien pires, se dit Richard dans l'avion du retour, tandis que Nicole s'était assoupie à ses côtés. Les gens n'écoutaient pas les discours de toute façon. Ni les privilégiés assistant en direct à l'événement depuis la salle, trop autocentrés pour daigner prêter l'oreille à un type parlant sur scène de quelqu'un d'autre qu'eux, ni les rares téléspectateurs de ce genre de retransmissions, qui préféraient largement commenter tenues, coiffures et sacré coup de vieux pris par tel comédien ou telle comédienne.

Au micro, il avait annoncé avoir préparé quelque chose, mais finalement vouloir laisser parler son cœur pour rendre hommage de la plus sincère des manières au regretté Robert Walker, cet homme dont la grandeur et le génie n'avaient d'égal que sa légendaire humilité – tu parles – et cette incroyable capacité à faire jaillir en chacun de nous des émotions oubliées, incroyablement fortes, à tous ses spectacles. Il avait dit à peu près n'importe quoi sur l'homme que Bob était, dans le privé. Cela sonnait très bien. Il avait ensuite fait applaudir Nicole, non sans avoir au préalable dressé d'elle un portrait aussi bref que saisissant. Le plan avait fonctionné à merveille. Les caméras s'étaient tournées vers Nicole, elle avait essuyé une larme que les réalisateurs avaient parfaitement saisie en gros plan. Richard avait conclu sa prestation en brandissant en l'air la statuette qu'on venait de lui remettre au nom de Bob, avant d'adresser un magnifique baiser au ciel – il avait un jour vu Alain Delon le faire, et avait trouvé cela magnifique, même s'il doutait que le même geste reproduit par lui produise le même effet. Puis il avait quitté la scène. Il avait ensuite regagné seul l'hôtel. Nicole participait à un dîner regroupant une très longue liste de personnes ayant collaboré avec Bob tout au long de sa carrière.

*

À défaut de limousine, ils firent la route de l'aéroport jusqu'à leur repaire doré dans sa Volvo. Nicole parla peu. Ces deux jours avaient été particulièrement éprouvants, à tous points de vue. Leurs amis les attendaient sur la terrasse. Emmanuelle y compris. Richard préféra prendre les devants.

Pas un mot, lança-t-il à l'assemblée, sans ôter ses lunettes de soleil, quand il ne fut plus qu'à deux mètres d'eux, son sac de voyage en cuir dans la main. Vu ? Je ne veux pas entendre un seul commentaire sur la cérémonie d'hier, tout ce cirque...

C'était très bien, lâcha pourtant Myriam en lui souriant.

Putain Myriam, maugréa Richard avant d'aller se coucher et de dormir quasiment vingt-quatre heures d'affilée.

Après les événements tragiques de la nuit passée, Édouard avait lancé l'idée comme cela. Comme une énième provocation verbale. Sans imaginer une seule seconde que les autres le prendraient au mot. Sauf que personne n'avait ri. Et personne ne s'était moqué de lui. Ils s'étaient regardés les uns les autres. Puis s'étaient tournés vers l'auteur de la proposition. Comme s'il était Jeff Bezos en juillet 1994, et qu'il venait de leur annoncer qu'il allait créer la plus grande librairie en ligne du monde. Mais ce n'est pas ce qu'il avait dit. Non, ce qui lui était sorti de la bouche, à ce moment-là, tandis que les filles étaient couchées et qu'ils fumaient des cigarillos en buvant du cognac, c'était que ce type avait besoin d'une bonne leçon, et que si ses relations familiales et mafieuses le mettaient à l'abri d'une action en justice il fallait qu'ils s'en occupent eux-mêmes, à l'ancienne. Il avait ajouté que par chance cette île au passé sulfureux représentait l'endroit idéal pour régler ce genre de problème de cette manière-là, radicale et digne.

Ils avaient écouté Emmanuelle mais ils avaient eu tort. Ils n'avaient pas dénoncé Luka après avoir constaté l'œil au beurre noir dont elle souffrait. Ils s'étaient laissé endormir par les paroles apaisantes de leur jeune amie. Sauf qu'à trois heures du matin quelques jours après ils s'étaient tous retrouvés sur la terrasse de Myriam et Richard, réveillés par d'horribles cris en provenance de l'ancien jardin de Nicole. Richard, Frantz et Édouard s'étaient rapprochés, armés de lampes torches, de l'endroit d'où semblaient provenir les hurlements. Vêtue d'une simple nuisette, Emmanuelle pleurait, implorait Luka de ne pas lui faire de mal. Le tronc d'arbre derrière lequel elle s'abritait ne constituait qu'une maigre protection face à cette bête furieuse, positionnée à deux mètres d'elle, bien campée sur ses jambes, qui la menaçait d'un couteau de chasse dont la lame faisait bien dans les quinze centimètres. Le dingue leur avait fait signe de ne pas s'approcher. Ils s'étaient pourtant interposés, avant de la prendre dans leurs bras, et la ramener chez eux, au mépris du danger, sous les yeux exorbités de l'énergumène des Balkans. Il les avait copieusement insultés dans sa langue maternelle, qu'aucun d'eux ne comprenait heureusement.

*

Ange Agolacci s'esclaffa bruyamment, de son rire rocailleux gorgé de centaines de milliers de cigarettes, les mains posées sur la table de sa sombre salle à manger. À un point tel que sa tête bascula en arrière. L'intensité de sa réaction redoubla quand il regarda à nouveau les visages de ces trois vieux, et dans une moindre mesure

Frantz, qui attendaient une réponse de sa part. Il frappa plusieurs fois la table du poing pour reprendre son calme, puis, de sa voix grave et profonde, s'adressa à eux.

On ne menace pas un homme comme cela les gars.

...

Ce n'est plus aussi simple aujourd'hui. Les gens parlent, tout finit par se savoir, même ici. Plus personne ne respecte rien.

Quand même Ange, plaida Édouard, tu... tu...

Impossible. C'est hors de question. J'ai pris dix-sept ans, j'ai eu ma dose. Je suis à la retraite. C'en est fini de toutes ces conneries d'indépendance. De combat idéologique. D'arrangements en tout genre. De coups faciles. De vengeance. J'ai mal au dos, mes jambes flageolent, mes mains tremblent, je pue de la gueule. Tout ce que j'espère quand je me lève, c'est de trouver la force d'aller acheter mon journal à pied et m'asseoir à la table du bar pour boire mon petit café sans que personne ne vienne m'importuner. Des jeunes viennent encore me voir. S'ils ne sont pas sûrs d'eux, je leur dis qu'ils se sont trompés de bonhomme, qu'il y a erreur sur l'identité de la personne. S'ils me connaissent, je leur dis de se calmer, de se trouver un boulot, d'épouser une bonne petite jeune fille, même leur cousine, de faire des enfants et de les regarder jouer au foot ou participer à des spectacles de danse. Je ne veux plus rien avoir à faire avec ces histoires.

Mais peut-être que tu connais des gens? relança Michel.

Le visage d'Ange se ferma.

Personne. Je ne connais plus personne, répondit-il en fermant les yeux.

Il leur resservit du café, ce qu'ils prirent comme une invitation à insister. Trouver une manière de le convaincre.

...

Si vraiment vous voulez intimider ce type, il va falloir que vous le fassiez vous-mêmes les gars. Mais attention hein, c'est un peu plus compliqué que d'écrire des conneries sur deux cents pages ou de rédiger des business plans. Surtout si votre homme est lui-même armé. C'est un peu plus que cela quand même.

Dans ce cas-là apprends-nous, forme-nous.

Ange Agolacci éclata de rire.

Non mais vous vous êtes vus ? Sérieux, vous vous imaginez débarquer au petit matin chez le type, pointer une arme sur sa tempe et lui demander de se calmer avec sa femme ? Attendez les mecs, il y en a un qui est très fatigué, l'autre qui a peur de se décoiffer, le troisième qui tremble dès qu'il quitte son ordinateur pour se confronter à la vie réelle et le quatrième qui est plus proche de Maria Callas que de Rambo. Sans parler de vos problèmes d'arthrite, de cataracte, de vos appareils auditifs, de vos genoux qui grincent, de vos rhumatismes qui ressortent dès que l'air devient humide. Vraiment, je vous adore, et je comprends que ce salaud qui rosse sa femme mérite une bonne volée mais de là à...

Ange, sauf ton respect, coupa Richard, on ne te demande pas un avis médical sur nos corps fatigués, hein, que je sache, tu n'as jamais été médecin, légiste peut-être ; on te demande juste de nous apprendre à nous servir d'une arme à feu – nous en fournir une déjà – et deux, trois conseils au cas où cela tourne mal, rien de plus.

OK, abdiqua Ange, en se disant que rien de tout cela n'irait probablement au bout. OK je vous forme. On démarre dans une semaine, lança-t-il, l'œil rieur.

Et pour les armes ? demanda Édouard, surexcité comme un gosse.

Pour le matériel je vais me débrouiller. Les vieux bourgeois du continent comme vous vivent toujours la peur au ventre quand ils s'achètent une maison chez les sauvages que nous sommes. Une maison sur deux contient au moins une arme à feu. Il suffit de deux ou trois cambriolages pour récupérer des armes dont les possesseurs répertoriés sont tous d'honnêtes citoyens, assureurs, dentistes et autres chirurgiens. Impossible de remonter jusqu'à nous ensuite.

*

Il était évident dès le départ qu'ils n'en toucheraient pas un mot aux femmes. Ils devaient agir en silence, c'était tout. La peur devait changer de camp. Il s'agissait d'une question d'honneur selon Édouard. Les occasions de faire preuve de bravoure à leur âge devenaient rares. L'hématome sous l'œil droit d'Emmanuelle changeait de couleur de jour en jour, passant du violacé au bleu et jaune. Elle ne se cachait même plus derrière ses lunettes. Elle resterait chez eux le temps voulu. La chose était entendue. Heureusement, Luka s'était à nouveau évaporé. Cela suffisait pour écarter le danger. Au moins temporairement.

Paradoxalement, une atmosphère paisible s'installait autour de la terrasse de Richard et Myriam qui leur servait depuis toujours de QG, et sur laquelle ils passaient l'essentiel de leurs journées. Ils bouquinaient comme ils l'avaient toujours fait. Édouard continuait d'éplucher les quotidiens et magazines économiques en espérant y trouver « the next big thing », selon ses termes. Les filles sortaient peu de la maison. Elles multipliaient les discussions avec Emmanuelle.

Il faudrait peut-être que l'on se remette un peu au niveau physiquement, suggéra soudainement Frantz, tandis qu'ils faisaient tremper leurs pieds dans trente centimètres d'eau, en rang d'oignons, sur la petite plage privée où se jetait le jardin de Richard. Le mari de Michel était incontestablement le mieux conservé de la bande. Aussi le plus jeune, ce qui minimisait sa performance.

Non ? relança-t-il. Avant l'opération je veux dire.

Au cas où il faudrait se sauver à la nage après avoir tenté de faire pression sur Luka ? demanda ironiquement Richard.

Non mais bon...

Frantz a raison, coupa Édouard en se caressant le bas-ventre, on ne doit rien négliger. Puis en jetant un rapide coup d'œil en arrière pour s'assurer qu'aucune femme n'était à l'approche, je ne sais pas si vous vous rendez bien compte de ce que l'on s'apprête à faire hein ? Le projet n'est pas juste de lui faire un croche-pied, on est bien d'accord ? Il s'agit de lui flanquer la frousse de sa vie, de le dissuader à jamais de lever la main sur elle.

OK mais moi j'y vais mollo, dit Michel d'une voix faible, j'aimerais autant éviter de clamser en pleine préparation. Si possible.

*

Les quatre compères étaient assis autour de la table de la salle à manger d'Ange Agolacci. En short et tee-shirt pour ce qui les concernait. Les rideaux avaient été tirés. On n'y voyait presque rien.

Vous allez le faire l'un après l'autre, dit leur hôte. Vous avez bien regardé comment j'ai procédé ?

Ils acquiescèrent de concert.

Ils devaient démonter le pistolet à tour de rôle, le remonter, mettre les balles dans le chargeur, l'insérer dans le logement prévu à cet effet, puis le retirer. Ange tenait un chronomètre à la main. Mais il fallait les voir livrer bataille pour seulement parvenir à se saisir des balles sur la table quand ils avaient désormais besoin de lunettes pour les travaux de précision et que l'arthrose rendait extrêmement délicate la saisie de petits objets entre deux doigts.

Arrête avec ce chronomètre Ange, tu nous stresses, il faudrait qu'on y arrive tout court, maugréa Richard.

Il n'y avait rien à faire avec Michel. Quant à Frantz, sa main tremblait dès qu'il avait l'arme en main. Il était évident que cela allait se jouer entre Édouard et Richard. Avant même d'avoir effectué le moindre tir d'entraînement. Peut-être qu'il fallait les armer tous les deux d'ailleurs. Ange trouva l'idée excellente. Cela dissociait aussi les responsabilités en cas de dérapage. Ce qui n'était pas plus mal avec des pieds nickelés dans leur genre.

Bon c'est tout pour aujourd'hui, déclara Ange au bout d'une heure, en rouvrant les rideaux du salon après avoir rangé l'arme en lieu sûr. J'espère que vous n'êtes pas trop pressés parce qu'il y a du boulot.

Luka rentre dans dix jours d'après ce que l'on sait, dit Richard.

Ange ne fit pas de commentaire. Quand ils maîtriseraient déjà un peu mieux le maniement du pistolet automatique, il les emmènerait dans son domaine de chasse privé. Pour s'exercer à balles réelles. Sur des cibles. Ils avaient commandé le genre de tenues dont les autochtones se montraient particulièrement friands. Histoire de ressembler à des chasseurs de sangliers amateurs. Dans l'idéal ils se feraient pousser le bouc. Sauf Michel qui était imberbe.

*

Non mais vous vous êtes vus, déclarèrent les trois filles en éclatant de rire – Nathalie n'était encore une fois pas sortie de chez elle.

Quoi, fit mine de s'étonner Richard.

Elles buvaient le thé sur la terrasse. Il était à peine dix heures et quatre hommes leur faisaient face, tous âgés, tous en tenue de camouflage, pantalon de treillis et tee-shirt.

Ange nous a invités à une chasse au sanglier. Sur son domaine, affirma Richard avec autorité.

En cette saison ? osa Emmanuelle, qui se sentait de plus en plus à l'aise dans le groupe. Retrouvait un peu de vie depuis quelques jours.

Ces destructeurs pullulent, justifia Michel de sa voix fluette. Ange est suffisamment chez lui ici pour ne pas s'encombrer d'un calendrier chaque fois qu'il décide d'aider la communauté en régulant le nombre de nuisibles.

Soit, dit Myriam, je sais Édouard et mon mari assez fous pour se lancer dans ce genre d'aventure, plus rien ne me surprend vraiment venant d'eux, mais enfin Michel, Frantz et toi ? Frantz et toi quand même. Vous êtes en train de virer votre cuti ou quoi ? L'étape d'après c'est de voter pour Christine Boutin c'est ça ?

On expérimente des trucs d'hommes, c'est un concept, déclara Frantz en souriant, vous les femmes ne pouvez pas comprendre.

Je vois, répondit Myriam, moyennement convaincue mais franchement amusée.

Vous n'allez pas vous blesser tout de même ? s'inquiéta Nicole, Ange ne va pas s'aventurer à vous mettre des armes dans les mains non ?

On s'en fout, coupa Richard, il nous a proposé de l'accompagner, ça nous change un peu, on y va, ça nous fera une sortie, on embarque des bouteilles aussi, enfin vous voyez, une virée entre mecs quoi.

Ange possédait son propre stand de tir. En plein maquis. À l'orée d'une forêt de chênes située à l'une des extrémités des terres lui appartenant. Ils s'y rendirent en quads. Il y avait des ballots de paille sur lesquels reposaient des cibles. Des petits monticules sur lesquels il pouvait poser des boîtes de conserve. Non loin, un peu plus bas, quelques huttes en bord d'étang. Il était réputé pour son savoir-faire en matière de chasse à la perdrix rouge. Les habitants de cette île nourrissaient une fascination sans limite pour les armes à feu. Pratiquement chaque événement fournissait une occasion de balancer quelques salves dans les airs : mariages, enterrements, commémorations.

La police fermait les yeux. Ne voulait pas s'occuper du fait qu'on entendait plus de rafales d'armes automatiques, de kalachnikovs ou de 350 Magnum que de chevrotines. On se prêtait volontiers fusils et carabines si le potager de l'un ou de l'autre se faisait détruire par un sanglier. Chaque arme portait sur elle les empreintes digitales de la moitié des hommes de l'île. Ils en parlaient en permanence, laissaient ostensiblement traîner cartouches et chargeurs sur le tableau de bord de leur Ford Ranger ou de leur pick-up Hilux Toyota. L'espérance de vie des chiens était ici plus faible que partout ailleurs. Tirs frénétiques, mépris des consignes élémentaires de sécurité, alcool, soleil brûlant. Dommages collatéraux.

Ange leur distribua des casques après les avoir informés que le jour dit, il leur fournirait une arme équipée d'un silencieux. La séance se révéla catastrophique. Pas un n'atteignit sa cible, même au quatrième essai. Ange était atterré. Il dit qu'il leur recommanderait bien quelqu'un, eu égard à leur maladresse, mais que franchement il préférerait éviter. Qu'il en faisait assez comme cela pour eux.

Il leur proposa de faire une pause. Et de s'y remettre après s'être enfilé quelques bières sorties de sa grosse glacière bleue rigide. Frantz se mit ensuite le premier à faire mouche régulièrement. Suivi de Richard et d'Édouard. Michel laissa partir un coup qui rebondit sur le sol à quelques centimètres à peine de son pied droit. Il fut décidé qu'il ne figurerait plus sur la liste des tireurs potentiels et qu'à ce titre il ne servait à rien qu'il continue à s'entraîner. Ils enchaînèrent les tirs tout le reste de l'après-midi, à des distances variables. Le débrief eut lieu le soir, de retour chez Ange. Après avoir fait sortir sa femme et tiré les rideaux, il leur dit qu'il était prudent d'envisager tous les cas de figure, y compris celui dans lequel Luka garderait lui-même une arme sous son oreiller et les menacerait à son tour. Voire les obligerait à faire feu sur lui. Frantz était assurément le meilleur tireur, mais Ange nourrissait quelques doutes sur sa capacité à tuer un homme de sang-froid. Il en parlait comme s'il s'agissait de compétences en matière de nœuds marins. Richard possédait selon Ange tout le calme nécessaire tandis qu'Édouard, beaucoup plus imprévisible, pouvait présenter l'avantage d'arriver au but souhaité, même si pour telle ou telle raison la situation virait au chaos. Ils se sentirent tous valorisés, oubliant qu'aucun d'entre eux ne s'était jamais attaqué à d'autres êtres vivants que des mouches ou des guêpes tournant autour de leur assiette de charcuterie. C'est néanmoins gonflés à bloc et le torse bombé qu'ils firent un retour triomphal à la maison, même s'ils durent expliquer que non, ils n'avaient tué aucun sanglier, mais qu'Ange les avait invités à renouveler l'expérience les jours prochains.

*

Michel était blême. Son état de santé ne s'arrangeait visiblement pas. Il alla se coucher directement, suivi de Frantz. Les deux autres traînèrent jusqu'au milieu de la nuit sur la terrasse, trop excités pour pouvoir trouver le sommeil. Richard, anesthésié par l'alcool, alla finalement s'échouer sur le canapé du salon. Emmanuelle dormait toujours chez eux. Le plus souvent aux côtés de Nicole, dont la présence la rassurait. À ce rythme-là, il allait finir par ressembler à un prince saoudien, comme le lui avait fait remarquer, plein d'envie, Édouard. Richard lui répondit très sérieusement qu'il n'était pas du genre à multiplier les problèmes, que les choses étaient déjà assez compliquées comme cela avec Nicole. Il ajouta qu'il n'avait pas trop le cœur à plaisanter. La présence d'Emmanuelle ne lui posait pas de problème. Il s'endormit sans même retirer son treillis. Une heure ou deux avant l'aube, mourant de chaud et de soif, il se déshabilla et alla chercher dans le réfrigérateur une bouteille qu'il plaça à ses pieds. Il ne chercha pas à savoir qui était la personne qui moins d'un quart d'heure plus tard le repoussa vers le fond du canapé pour se faire elle-même une place sur cette assise dont la profondeur n'était clairement pas prévue pour accueillir plus d'un individu.

Il se réveilla au petit jour. Le corps inerte ronflotant contre lui était celui de Nicole. Sa position l'empêchait de descendre du canapé sans la réveiller. Il se retourna. Myriam était assise face à eux, dans l'un des gros fauteuils du salon, une tasse de thé à la main. Richard écarta les bras en signe d'impuissance. Myriam lui intima de ne pas bouger et de garder le silence. Il essaya tout de même de se faire glisser par le bas le long de l'assise. Mais ses mouvements réveillèrent Nicole, qui, apercevant Myriam au-dessus d'elle, se redressa tout de suite.

Myriam, tenta-t-elle d'expliquer même s'il ne s'était bien sûr rien passé, je n'arrivais pas à dormir, habituellement c'est vrai que dans ce cas je prends le canapé, mais là avec Emmanuelle, je n'ai pas pensé que Richard...

Myriam lui répondit d'abord d'un geste magnanime avant de s'adresser à son mari.

Dis-moi Richard, lui demanda-t-elle les larmes aux yeux, c'est devenu si difficile pour toi de dormir simplement dans ton lit avec ta femme ? Je te demande quelque chose de surhumain peut-être ? Il faut me le dire si c'est le cas.

Richard ne répondit pas.

L'arrivée d'Emmanuelle mit fin à la discussion. Nicole fonça prendre une douche et Richard se fit un café avant de s'enfuir au fond du jardin, face à la mer.

Myriam le rejoignit une vingtaine de minutes plus tard. Les yeux rougis. Elle s'assit sur le banc à côté de lui, à la place autrefois dévolue à Bob.

Je suis désolé, confessa instantanément Richard. Même si je te le jure, il ne s'est rien...

Je sais mon chéri, murmura-t-elle en inclinant son visage contre son épaule.

Il but une lampée de café froid en plissant les yeux face au soleil.

Les choses sont compliquées depuis la mort de Bob non ? dit-elle. Je ne pensais pas que le traumatisme serait si grand, pour nous tous. Je m'attendais à ce que nous soyons tristes bien sûr – nous l'aimions –, à ce qu'il nous manque bien sûr, mais je n'imaginais pas le nombre de déflagrations que sa disparition entraînerait.

Oui c'est dur, répondit Richard en éclatant en sanglots, c'est dur...

Mais ça va aller ? demanda-t-elle avec inquiétude en

lui prenant la main, nous allons faire face, et vivre pleinement ce qu'il nous reste à vivre non ?

Richard renifla et se prit la tête entre les mains.

Oui, bredouilla-t-il.

Elle tourna son visage vers la maison.

Tu sais, à propos de Nicole et toi... Je l'ai senti tout de suite... dès que tu me l'as présentée. J'ai compris ce qui s'était joué entre vous trois, avant que nous nous mettions en couple.

Richard leva les yeux vers elle.

Mais je trouve que l'on s'en est bien sortis à l'arrivée, dit-elle fièrement. On a fait ce que l'on a pu. Et puis j'ai tout de suite adoré Nicole, j'ai tout de suite su que nous serions amies. Je savais à quoi m'attendre. Je n'ai pas été surprise. Pour vivre avec toi il me fallait composer avec votre histoire.

Richard ne répondit pas.

Elle se tourna à nouveau vers lui, posa sa main sur sa joue et l'embrassa à la commissure des lèvres avant de lui dire j'aurais été un peu plus qu'un lot de consolation tout de même, nous deux, cela a été un peu plus que ça non ?

Bien sûr, dit-il dans un souffle, bien sûr, qu'est-ce que tu crois.

Et maintenant voilà qu'elle vit pratiquement chez nous, s'exclama-t-elle en se levant et riant. Tu connais une femme plus cool et confiante que moi Richard ?

Il lui sourit.

Puis elle ajouta de manière énigmatique qu'il allait bien falloir qu'elle s'y fasse, qu'ils s'y fassent tous non ?

Ils se prirent par la main et remontèrent doucement vers la maison.

*

Plus tard, revenant de sa séance de nage matinale en pleine mer, il vit que les trois filles étaient en grande conversation dans le salon. Il s'assit sur un petit muret à l'autre extrémité de la terrasse. Myriam monopolisait la parole. Nicole lui glissait parfois quelques mots en guise de réponse. Il lui sembla entendre son prénom prononcé plusieurs fois, ou il le lut sur leurs lèvres. Il n'en était pas sûr. Emmanuelle écoutait et roulait de temps en temps des yeux incrédules en direction de Myriam. Puis elles se mirent à rire. Myriam et Nicole se serrèrent l'une contre l'autre. Emmanuelle se rapprocha et allongea son bras autour d'elles deux. Richard écrasa précautionneusement sa cigarette, et prit le risque de franchir les quelques mètres qui le séparaient de ses trois colocataires. Si la foudre devait s'abattre sur lui il était prêt.

Myriam lui sourit, ce qui ne rassura que partiellement Richard. Elles se levèrent et firent un pas dans sa direction. Richard avait l'impression d'être la future victime désignée dans un film de Tarantino. Il pouvait presque anticiper la vision de son sang giclant hors de son corps au ralenti.

C'est bon tout est réglé, dit Myriam.

Il ne pouvait être certain de bien saisir de quoi il s'agissait alors il se contenta de hocher la tête. Elles passèrent chacune le bras autour de l'épaule de l'autre puis ouvrirent le cercle pour qu'il se joigne à elles. Il se retrouva entre Myriam et Emmanuelle. Les liens se resserrèrent entre eux quatre. Ils firent un ou deux tours. Puis Myriam les invita à réduire encore le cercle, sans le lâcher. Ils baissèrent la tête vers le sol. Leurs quatre visages n'étaient plus éloignés que de quelques centimètres les uns des autres.

On va s'en sortir, murmura-t-elle, on va s'en sortir je vous le garantis répéta-t-elle, cette fois avec plus de force. Une détermination qui faisait presque peur. Les autres dirent oui, avec la même puissance. Richard aussi, avec un léger temps de retard, d'une voix plus incertaine.

On se lance dans le chamanisme ? se moqua Michel, qui venait de surgir, une mine affreuse accrochée au visage.

*

Leur ami ne trouva pas la force de les accompagner chez Ange les jours suivants. Il dormait la plupart du temps dans le hamac et buvait des litres d'eau en disant qu'il avait la bouche sèche. Frantz se dispensa de la dernière séance, pour rester près de lui. Richard et Édouard demeuraient de facto les derniers membres actifs du commando. Richard commençait à douter sérieusement qu'ils aillent au bout. Luka rentrerait d'un jour à l'autre. Édouard poussait chacun à ne pas lâcher. Richard se demanda si sa motivation n'avait pas au moins autant à voir avec ce qu'il faisait subir à la fragile Emmanuelle qu'avec la manière dont le jeune multimillionnaire avait délibérément snobé ses appels du pied pour initier une collaboration professionnelle entre eux.

L'attitude d'Emmanuelle changea ostensiblement à mesure que se faisait imminent le retour de son mari violent. Qui lui avait envoyé un WhatsApp pour la prévenir. En aucun cas un mot d'excuse. Elle était anxieuse, semblait sur ses gardes. Sursautait dès qu'on entendait un hélicoptère dans le ciel. Un voile de tristesse, ou de peur, recouvrait son visage. Elle consultait son téléphone toutes les trois secondes. Elle faisait peine à voir. Édouard, Richard et Frantz commençaient à prendre la mesure de ce qui, lancé comme une boutade, risquait de se révéler extrêmement dangereux pour eux. Le plan était simple. Le soir de l'arrivée de Luka, Ange Agolacci passerait les prendre pour aller pêcher sur son bateau. L'alibi. Les filles, sans rien connaître de leur projet, seraient incitées à inviter Emmanuelle. À la tombée de la nuit, Ange mouillerait son rafiot à proximité du ponton de chez Luka. Les hommes accosteraient. Iraient le trouver dans sa chambre, ou à n'importe quel endroit de la maison dans lequel il serait en train de se reposer, ce qu'il faisait systématiquement lorsqu'il débarquait ici de retour de voyage. Ils le menaceraient, lui intimeraient de quitter l'île sous peine de s'exposer à des représailles plus sérieuses. Ils étaient quatre, cela devait suffire à dissuader Luka de réagir.

*

La perspective du retour prochain de Luka rendait tout le monde nerveux.

Il faut tout de même que l'on fasse quelque chose, dit Myriam aux garçons, en train de mettre la table.

C'est-à-dire ? demanda innocemment Richard, qui

n'ignorait pourtant rien de ce dont elle souhaitait leur parler.

Ce type, là. Luka, dit-elle d'un air dégoûté. Police ou pas police, il est hors de question de livrer Emmanuelle à sa fureur.

Je ne suis pas sûr que s'immiscer dans leurs problèmes de couple soit une bonne idée, non ? suggéra Richard, voulant éviter de révéler leur plan.

Est-ce qu'elle ne doit pas d'abord essayer de régler ce problème par elle-même ? abonda avec force Édouard.

Comment, s'emporta Myriam, en chemise de nuit face à un type de quatre-vingts kilos armé d'une lame de quinze centimètres ?

Vous devriez au moins aller lui parler, renchérit Nicole. Dès son retour. Essayer de le raisonner. On pourrait au moins faire un signalement à la police.

Ce genre d'homme se contrefout de la police et des lois, rétorqua Michel dans un bref regain d'énergie, sans parler des appuis dont il dispose...

Alors on ne fait rien, c'est cela ? s'emporta Nicole. On croise les bras et on le laisse la cogner, c'est votre conception de la solidarité ? C'est beau. On laisse faire et on cherche les marques de coups sur elle le lendemain pour savoir à quelle partie du corps il s'est attaqué cette fois, c'est ça ? On ferme les yeux et on compte les points ?

Il ne s'agit pas de cela Nicole, essaya de tempérer Richard.

Leurs propres femmes ne devaient en aucun cas nourrir le moindre soupçon.

Il arrive d'où d'abord ? demanda-t-il ensuite.

Des pays arabes je crois, intervint Myriam, il prend un

avion puis un hélico – c'est décidément une idée fixe chez lui – je ne sais pas où il atterrit, sans doute pas très loin, dans le coin.

Nathalie alla se coucher la première. Suivie de Nicole et Myriam qui étaient fatiguées. Il n'était même pas vingt et une heures trente. Le gang des quatre se retrouva seul sur la terrasse. Michel proposa d'aller faire quelques pas sur le sentier qui desservait leurs maisons à tous. Éclairés par une lampe torche. Ils marchaient en silence quand Michel s'effondra brutalement, non sans essayer de s'agripper au bras de Frantz. Il ne perdit pas connaissance mais semblait à bout de forces. Ils le reconduisirent chez lui, soutenu d'un côté par Frantz, de l'autre par Richard, en nage. La température passait à peine sous les 26° la nuit. Ils le glissèrent dans son lit. Michel prétexta d'une voix faible qu'il avait sans doute trop bu mais chacun savait que ce n'était pas le cas. En les raccompagnant à la porte, Frantz leur dit qu'ils partiraient le lendemain ou le surlendemain, au plus tard, pour qu'il se fasse hospitaliser sur le continent. Un immense sentiment de tristesse s'abattit sur Édouard et Richard, tandis que désormais seuls ils admiraient depuis le jardin de Frantz et Michel les faibles lueurs du minuscule port qui se reflétaient sur la mer, noire comme cette nuit. Cela faisait beaucoup. Déjà Bob. Jean qui à l'heure qu'il est devait se préparer à confondre Annie avec la reine d'Angleterre ou Jeanne d'Arc, Michel...

Ils regagnèrent la maison de Richard. En chemin, Édouard lui confia ses doutes. OK le type avait la main leste, il ne le contestait pas, oui il l'avait poursuivie dans le jardin en pleine nuit armé d'un couteau de chasse, mais on n'était pas à l'intérieur de leur couple non plus, on ne savait pas ce qu'elle faisait, elle, dans l'intimité de leur maison. Richard lui demanda ironiquement s'il tenait à jour une liste des choses que les femmes font à l'intérieur de leur domicile qui justifie qu'on les batte. S'il pouvait lui expliquer. Édouard répondit lâchement qu'il ne disait pas qu'ils devaient renoncer à leur projet, juste que ce n'était pas sans risque, que cela méritait d'y penser un peu et que tout compte fait si Richard voulait bien se charger de pointer le flingue sur Luka lui-même, cela ne le dérangerait pas, au contraire même. Richard lui dit d'aller se coucher, et qu'ils verraient bien le lendemain.

Richard resta seul un moment. Il redescendit à l'extrémité de son jardin, faiblement éclairé par la lune. Même en pleine nuit, la mer demeurait omniprésente. On entendait les vagues se fracasser sur les rochers sur l'autre rive, à côté du port. Richard pensa à ce qui se passerait si Luka l'obligeait à faire feu sur lui, dans le cas où il prendrait leur entreprise d'intimidation pour une agression et se mettrait en tête de riposter. Plus de la moitié de leur bande d'amis s'était fait décimer en moins de trois mois. Cet été laissait trop de monde sur le flanc. Et puis il y avait cette situation explosive avec Nicole et Myriam. L'effondrement. Si Richard cherchait un titre à ce qu'ils étaient tous en train de vivre – il avait tellement de mal à trouver de bons titres pour ses livres qu'il y pensait en permanence, c'était devenu un TOC –, ce serait celui-là. L'effondrement. Tout finissait en poussière. À un rythme infiniment rapide maintenant. Chacun y allait régulièrement de sa petite phrase philosophique autour de l'idée de profiter de l'instant présent mais il fallait attendre d'être confronté à la maladie, à la perspective de sa propre mort, pour en prendre réellement conscience dans sa chair. La vie tenait à un fil qui pouvait se distendre ou se rompre à tout moment. La société tout entière concourait en permanence à vouloir le faire oublier mais l'évidence était là. Tout s'arrêterait un jour. Personne n'était épargné. Ni ne connaissait le jour ou l'heure.

Richard se déshabilla, abandonnant ses vêtements au sol. Fonça pieds nus à travers les arbustes et dévala les quinze marches en pierre au fond du jardin qui plongeaient dans la mer. Il se jeta à l'eau et se mit à nager frénétiquement. La pénombre ne le dérangeait pas, voilà quarante ans qu'il se baignait dans ce golfe. Il gagna la partie dans laquelle la profondeur était la plus importante. Après s'être laissé dériver sur le dos, le visage face aux étoiles, il glissa sous l'eau. Jamais il n'avait eu la sensation de faire à ce point corps avec l'élément. Il s'immergeait par séquences de plus de deux minutes. Sans manquer réellement d'air. Il slaloma entre les bateaux qui mouillaient dans la baie pour éviter de payer les droits d'anneau au port. Longea les rochers qui, il le savait pour s'être adonné à leur observation durant des années, regorgeaient de poulpes. Puis fit demi-tour et regagna la rive. Il remonta l'escalier, dégoulinant d'eau salée, et alla s'affaler, encore trempé, sur le canapé du salon.

*

Michel avait repris quelques forces après une bonne nuit. Mais il restait faible. Ils décidèrent de partager un dernier repas tous ensemble avant le départ des garçons, qui avaient trouvé un avion pour le jour suivant. Ils n'abusèrent pas du vin. Michel parvint à les faire rire en leur narrant quelques anecdotes sur des comédiens américains à moitié azimutés rencontrés au fil de sa carrière de journaliste. En fin de repas, Édouard et Nathalie s'isolèrent de quelques mètres pour discuter seul à seul. Leur conversation dura plus d'une heure, avant qu'ils ne rejoignent les autres, bras dessus bras dessous. Nicole et Myriam proposèrent à Emmanuelle d'aller se baigner avec elles mais elle répondit qu'elle en était incapable, que la perspective du retour de Luka la paralysait. Son démon de mari lui envoya un message dans la soirée. Il serait de retour dans quelques heures, probablement au milieu de la nuit. Emmanuelle leur montra le message. Il s'excusait platement pour son coup de folie de l'autre jour, lui répétait qu'il l'aimait, qu'il avait hâte de la retrouver et qu'il arrivait les bras chargés de cadeaux somptueux pour se faire pardonner. Les filles étaient folles de rage. Elles dirent à Emmanuelle que ce type de pathologie et de comportement portait un nom : les pervers narcissiques. Qu'elle était en danger. Emmanuelle s'opposa timidement à elles. Il fallait le connaître, peut-être était-il sincère, sûrement même. Elle pensait qu'il méritait une seconde chance. Une deuxième, une dixième tu veux dire ? ironisa Myriam, toujours très combative. Rien n'y fit. Emmanuelle était déterminée à rentrer chez elle ce soir, et à attendre son mari. Myriam et Nicole lui firent jurer de garder son téléphone allumé près d'elle, au cas où.

Après concertation, Édouard et Richard décidèrent de reporter leur opération d'intimidation d'un jour ou deux. En priant pour qu'il ne se passe rien de grave d'ici là. Richard passa un coup de fil discret à Ange pour le tenir au courant du changement de plan. Ils se donnèrent tous rendez-vous le lendemain matin, pour le départ de Frantz et Michel.

*

Des gémissements entrecoupés de cris étouffés, tout près, sur la terrasse, les sortirent de leur sommeil au beau milieu de la nuit. Quelqu'un hoquetait. Richard se leva, alluma la lumière du salon. Myriam et Nicole le rejoignirent. Oui, il entendait. Cela semblait venir de là. Il actionna le bouton du volet électrique de la baie vitrée. Qui se leva lentement dans un bruit sourd, caractéristique des moteurs fatigués. Richard, Nicole et Myriam étaient tous trois alignés face à la vitre. Ce qu'ils découvrirent alors les effara. Emmanuelle tenait sa main devant la bouche, et émettait alternativement des longues plaintes et des sanglots. La lune tenait en un croissant rouge d'une finesse absolue. Myriam ouvrit la baie, et se précipita vers la jeune femme. Elle prit Emmanuelle par l'épaule et la fit entrer et s'asseoir sur une des chaises du salon. Emmanuelle leva la tête vers eux, repoussa sa longue chevelure blonde ondulée vers l'arrière et retira lentement sa main de la bouche. Ses yeux étaient exorbités. Elle était blême. Richard pensa qu'à peine rentré Luka l'avait frappée ou menacée.

On vient de m'appeler, gémit-elle. Luka. Luka il est... il est mort. Son hélicoptère s'est crashé en pleine mer.

*

Michel et Frantz partirent le lendemain, comme prévu. Tous étreignirent longuement Michel. Richard promit à voix basse d'aller le voir à l'hôpital s'il devait y séjourner quelque temps. Michel lui adressa en retour un clin d'œil dont Richard ne sut s'il signifiait qu'il le remerciait ou qu'il en doutait. Frantz l'aida à grimper dans le véhicule, puis, se tournant vers leurs amis, leur adressa un sourire dans lequel se mêlaient sollicitude et effroi. Ils suivirent la voiture de Michel, conduite par Frantz, sur quelques mètres le long du chemin, avant qu'elle ne se soustraie à leur vue dans un nuage de terre.

Emmanuelle resta encore un jour ou deux parmi eux, soutenue par ses deux amies comme elles le pouvaient, puis s'évapora à son tour. Édouard ne bougeait plus beaucoup de chez lui. Il avait décidé de passer plus de temps avec Nathalie. De faire plus de trucs, même s'il ignorait ce que ce terme recouvrait réellement dans l'esprit de sa compagne. En tout état de cause, ils affichaient une volonté commune de recoller les morceaux. De faire des efforts.

La terrasse de la maison parut soudain immensément grande à Myriam, Nicole et Richard. Le soleil se levait à peine. Ils n'avaient pas encore discuté de ce qu'ils allaient faire. De combien de temps ils resteraient encore ici.

Septembre était un mois délicieux sur l'île, même si les jours raccourcissaient vite. Richard se tenait droit face à la mer, une chemise noire sur le dos, à côté de Nicole, dont la main gauche prenait un malin plaisir à effleurer secrètement la sienne. Ce fut Myriam qui prit les devants. Richard ne sut jamais si cela avait un rapport avec la discussion qu'il avait surprise quelques jours plus tôt entre les deux filles, sous les yeux incrédules d'Emmanuelle. Elle se planta devant Nicole et lui. Se hissa sur la pointe des pieds et roula une pelle à Nicole en posant tendrement sa main sur sa nuque. Puis elle en fit de même avec Richard. Avant de les inciter à s'embrasser à leur tour, tandis qu'elle les entourait tous deux de ses bras, et les serrait très fort.

Richard demeura à la même place. Ne bougea pas d'un centimètre. Tout juste enfonça-t-il ses mains dans les poches de son pantalon noir. Il mit quelques minutes à réaliser qu'elles s'étaient éclipsées. Myriam était au potager, son petit panier en osier dans les mains. Nicole avait dû rentrer à la maison. Progressivement, des grappes de nuages se formaient, s'agrégeaient les unes aux autres, poussées par le léger vent d'ouest. Le ciel venait subitement de prendre une teinte bleu pétrole. Richard ne sut que penser. Il n'est pas courant d'embrasser une femme, quarante ans après, à l'invitation de celle avec qui l'on avait fait sa vie entre-temps. Il se dit que pas grand-chose ne lui avait été épargné depuis quelques semaines. Il se demanda si cela s'arrêterait un jour. La succession de problèmes que la vie amenait. Une sensation de très grande fatigue l'envahit subitement. Il préféra ne pas penser à ce que pourrait devenir sa vie si Nicole s'installait durablement avec eux. À cette seule perspective, Richard sentit ses jambes flageoler un peu sous lui.

À présent, une petite pluie fine mouchetait progressivement la dalle de la terrasse. Richard resta encore dehors un moment, les bras en croix, accueillant les gouttes d'eau venues du ciel comme un signe des dieux. Puis il rejoignit les filles à l'intérieur. Il avait besoin de s'asseoir pour ne pas s'évanouir. Au fond, Richard n'avait pas la moindre idée de ce que tout cela signifiait. Il lui restait son bureau. Qu'il ferait peut-être bien de sanctuariser en y faisant poser un loquet, côté intérieur. Nicole et Myriam semblaient nettement moins perturbées que lui par ce qu'elles venaient de dessiner entre eux trois. Assises l'une à côté de l'autre à la table de la cuisine, elles coupaient des carottes et pelaient des concombres, en sifflotant au son d'une chanson de Gaëtan Roussel qui passait à la radio. Leur attitude contribua à normaliser l'impensable. Maintenant engagées dans une intense phase de rangement de la maison, elles se souriaient quand leurs regards se croisaient, souriaient à Richard, qui grimaçait en retour.

En dépit d'une impression de fin du monde, il régnait pour la première fois depuis très longtemps une espèce de tiédeur rassurante dans la maison, une forme de quiétude. Le plus gros de la tempête était passé, espérait Richard. On comptait les survivants. Même s'il y en avait peu. Richard décida d'envoyer par mail les quarante premières pages de son manuscrit à Julie Ledassier, son éditrice. Des fois qu'elle serait tentée de le lire et de revenir vers lui. Ce qu'elle fit, plus tard dans la journée, dans un message particulièrement bien rédigé et élogieux, qu'il ne put s'empêcher de partager fièrement avec les filles. Une belle invitation à poursuivre dans cette veine, écrivait-elle. Nicole et Myriam le prirent dans leurs bras à tour de rôle pour le féliciter. Elles furent surprises du sentiment de soulagement dont Richard leur fit part à cette occasion. Il était un grand écrivain, c'était acquis pour elles. Il allait revenir et tout casser. Après les bouleversements des derniers mois, Richard voulut y croire. Nicole, ayant chaussé de petites lunettes de vue, avait décidé de se plonger dans les courriers et l'enfer administratif qui sonnait comme une double peine après la perte de Bob. Myriam et Richard allèrent marcher un peu le long de la plage, main dans la main. Ils parlèrent de tout et de rien, de la durée de leur séjour ici. Myriam avait envie de revendre sa galerie. Il y a un âge pour passer la main, dit-elle. Peut-être pourraient-ils en profiter pour voyager un peu. Richard ne demanda pas à sa femme si Nicole les accompagnerait. Plus tard, Nicole évoqua l'idée d'aller passer quelque temps chez sa fille. À condition de ne pas servir de baby-sitter. Le monde semblait sombrer dans un chaos permanent. Les arbres du jardin perdraient leurs feuilles dans à peine deux mois. Tout ce qu'on perd, se répéta Richard. Toutes ces choses auxquelles on s'accroche. Aucun esprit n'échappait à sa dose de confusion. Mais enfin il fallait bien vivre.

Composition : PCA
Achevé d'imprimer
par CPI Firmin-Didot
à Mesnil-sur-l'Estrée, en mai 2020
Dépôt légal: mai 2020
Numéro d'imprimeur: 158418

ISBN : 978-2-07-289838-9/Imprimé en France.

367605